緣因香港

集體回憶中的個人記憶

連民安

目錄

上卷・短作

下卷・長篇

我的文字因緣（代序）

連民安

我從小愛看書，可惜不是學校課本。未入學前已看父親的《三國演義》（廣智版），但看的僅是正文前的繡像人物：諸葛亮、曹操、關羽、張飛、龐統、董卓……雖不識字，但從各人形貌已會分出忠奸。同期間兄長會捎來一些連環圖公仔書，看畫之餘已懂辨識一些字詞。人家是讀書識字，我則「看圖識字」。

童年時除愛看公仔書外，足球可算是我的第二生命，閱讀家中的報紙體育版，是我每天必做的功課，「即日戰報」、「賽後述評」、「柳營秘聞」以至其他固定或不固定欄目，半明非明的，都要一一看遍方休。日子有功，文字書寫不知不覺有了進步。小學時寫過一篇看圖作文——「足球場上」，字數上限一百，我下筆不能自休，模仿體育記者的敘述竟寫滿全版，就連「天地」位置也不放過！可是老師公事公辦，給我一個大交叉，因為不合字數要求。

小學時代，我最愛的是作文課，也是我存在感最強的時候，看著身邊的同學一個個苦思無策，無從下筆時，我卻輕舟已渡了。能夠下筆無礙，快速完成，這應歸功於勤讀報紙之故。老師見我閒著無聊，有時會過來看我寫得怎樣，看罷也無話可說，只叫我不要浪費時間快溫習默書去。

小學老師課節多，工作量大，教語文科的尤甚，前一段日子尋回小學時的謄文簿，才發現當年老師一學年共批改了二十篇作文，以一班四十人計，整年下來數字實在驚人，因此老師改文就是「改文」，改標點、改錯別字、改語序，僅此而已，評語難得一見。記得五年級寫了一篇「新年雜記」，文末我是這樣作結的：

「現在新年已過了，但我家的水仙仍然開得很燦爛呢！」

惜墨如金的老師竟在後面書上「流暢可喜」再加一個感嘆號，真可謂破天荒的創舉，雖然沒有在課堂上表揚，也沒有私下勉勵，但對我而言已很滿足了。

小學畢業，我為省兩元做別的事沒有買紀念冊，其他同學紛紛找老師題字，惟我沒有，倒是那位惜墨如金的老師託班主任送我一本何紫先生的《四十兒童小說集》。

淡漠的背後，一切盡在不言中！

《四十兒童小說集》是我擁有的第一本文學書籍，也不是先入為主，作者何紫先生是我很尊敬的作家之一，因為裡面一個個生活故事，都充滿著對人及物的愛和關懷，也教我認識到連環圖以外的文字世界。早前在好友陳家偉介紹下，得以結識何紫先生的女兒何紫薇小姐，我也不避初識，向何小姐訴說對她父親的孺慕之情。

小學畢業，升上一所英中就讀，每天對著同種膚色的老師，但除中文中史外，每一科都是全英對白，特別是數學，眼看每一個應該熟悉的數字和公式，但經老師口中一轉，即變成前世今生不遇的陌路人；其他地理西史等，光看圖片應該是很有趣的，但一配上英文，加上老師的流利英語，我只能呆呆地坐在位上不敢妄動，生怕老師發現我，問書不會回答就糟了。

因此每天巴巴的就是等待中文或中史課，雖然老師教得真不怎麼樣，但總算是我聽得明白的科目。如論裝幀設計，中文課本是最樸素無華的，單色印刷，全部是字之餘連一個圖案也欠奉，但它卻是我最常捧在手中的課本，也不管是巴金還是朱自清；郭沫若還是梁啟超，我都看了又看，翻了又翻。而作文課仍是我最喜歡的課堂，我就讀的是一所私校，老師任教的課節多得密不透風，中一時我全班有五十三人，老師每改一次作文，總得要一個月後才發回，同樣是惜墨如金，但我仍很珍惜一個月一次的作文課。

我的寫作興趣在學校獲不到滿足，在家便養成寫日記的習慣，每天看過什麼或做過什麼，都一一寫下來；有時看了一齣電影，也會湊興寫點觀感；讀了一本書，遇有啟發便在書末寫下札記；當年家中的掛牆日曆，每翻到星期日的一頁都是用粉紙印製，紙質光滑，我利用背面空白處記下該星期的新聞時事，也寫下一些看法見解，放著要完成的功課不理而專做這些不相干的事，自己實在是一個不務正業的學生。

中四修讀文科，跟理科從此不相往來，學習表現才算有所改善，那年學校舉辦了一個書展，我自然不會錯過，一連三日，小息放學都流連在書攤選讀不同的書籍，其中一本影響我很深的是《第七屆青年文學獎文集》，這是當年港大和中大學生會合辦的文學盛事，細閱各得獎作品，不少都出自跟自己年紀相若的學生之手，題材內容又是那麼切身，同樣開始感受到會考壓力，讀到那些同感文字，令人尤有共鳴。

然後我就四出找尋其他不同屆數的「青年文學獎文集」去，九龍書店、南山書店、田園書店、新亞書店一一找遍，也從中認識到陳德錦、陳昌敏、曹捷、鍾曉陽、王良和、冬眠（袁立勳）等年青作者。但更重要一點，是「青年文學獎」開拓了我的眼界，原來在新詩、散文、小說和戲劇之外，還有較陌生的報告文學和文學批評，通過每屆專家學者的評審報告，讓我有了較深的認識。朦朧中，我好像懂得文學是什麼一回事了。

一直以來自己所寫的文字，除了上繳的作文和校內作文比賽的參加作品外，其他都是收進抽屜裡不見天日，那一年《新報》增開「新象」版，歡迎學生投稿，我便嘗試寫了一篇「巴士上」，把自己當日在車上所見的一件事寫出來，沒過幾天竟然就在報上看到自己的處女作，真教我樂透了好整日，但這快樂只能憋在心裡，沒有跟人談起。

可能是專欄初設，未太受人注意，故此我的投稿屢獲刊登，於是更嘗試投稿《明報》，也幸運地錄取了，這時就連《東方日報》也設學生園地，我無例外沒有放過，那時候每月所得的稿費，足夠日常花費之外仍有餘錢，於是在匯豐銀行開了一個儲蓄戶口，那年是一九八二年。這些學生時代的文字，今天回想，雖都是一些不成熟的思想感受，但總算記下一個少年人某階段的成長印記，可惜這些少作已散佚不全，對我而言未嘗不是個小遺憾。

大學修讀中文系，本應是創作最豐收的時候，可是三年下來，寫的多是有學術規範的論文，加上應付導修、小組研習等，更要上夜校兼職，寫作欲一時間竟沉了下來。畢業後從事教育工作，又要持續進修，生活是挺忙碌的。其時自己的興趣轉到電影上，除看電影、參加電影講座，更主要的是投入了搜集舊電影物事以及其他報刊收藏，這段日子寫的多是電影報刊歷史的專題論述，又有機會長期在《戲曲品味》撰寫專欄，但都跟文藝創作無多大關係。

重新啟動創作按鈕可算偶然，有一次與同事開會商討教材問題，一時間大家都找不到合適的篇章，時間緊迫，我自告奮勇寫了一篇憶述早逝貓兒的文字。雖久未提筆，但覺得內容還可以，其時梅子（張志和）先生主編的《城市文藝》創刊不久，便把這篇「愛貓者言」稍作修改投寄出去。

過了一段時間毫無音訊，想這篇文稿已遭投籃了。有一天接到梅子先生電話，他首先向我致歉，原因是他們把我的名字弄錯了，連民安寫成「連安民」，但我並無半點惱意，這不是說我的文稿取錄了嗎？正是高興也來不及呢！梅子先生更就著文章客氣地謬讚幾句，並鼓勵我以後多來稿，我自然連聲說好！

「愛貓者言」這篇小作，當中人物，不勝追憶，卻又翻起不少塵封已久的往事，於是我寫了好幾篇自己成長經歷的文章，大多寄到《城市文藝》發表，每一篇都僥倖獲得登載，實在感謝主編梅子先生的不棄。

寄到《城市文藝》的文稿字數篇幅都較長，每篇來回反復推敲總得一段時間，期間遇到即興有感，便寫下一些隨想，因報章欄目字數有嚴格要求，故多是五六百字的「短作」，這些文字，要掌握到一個重點，要言不繁，日子有功，積累下來也不算少。

過去十多年，我的書作多是應出版社之約而成，寫粵劇伶人技藝、雜誌創刊號、香港影壇舊事、電影演員人物剪影等，雖間或滲入一些個人感受經歷，但總體看來不能稱為文藝創作。

近日翻出舊文，把過去所寫過的文稿重溫一遍，大部分都是一些不成熟的文字書寫，但兒女是親生的總不嫌他淺陋，其實十多年只能交出這寒傖成績也真汗顏，惟敝帚自珍，希望在自己「登陸」之前把一些文稿結集付梓成書，也算是還退休前一個心願吧。

上卷 • 短作

小思老師二三事

認識小思老師不覺已十多年了，第一次正式跟老師會面是二零零九年六月六日，我們相約在天后地鐵站口，老師提議往附近一間泰國餐廳下午茶，短短五六分鐘路程，已有三四名路人跟老師打招呼，有些是舊學生，有些是街坊，更有些是不曾認識的人，每一個老師都會停下跟他們寒暄幾句，友善而親切。

到了餐廳，各自點了飲品，老師喜冷飲而我愛熱阿華田，明明說了清楚，但侍應生還是自作聰明地把凍檸檬茶給我而熱飲給她：在侍應生眼中，這才是「合理」的安排。這情況日後幾乎百驗百中。

為方便老師，日後我們的約會地點多選在她家居附近的茶餐廳，但我知道其他人與老師會面，往往是在跟茶餐廳僅一步之遙的酒店咖啡室。問老師何故，她答：「酒店咖啡室沒有提供阿華田的。」我知道老師其實是不想我破費，就連我「節儉」這一點她也看出來了。

年前郵政署發行一款香港玩具郵票套裝，老師著我請人代訂一套，心想老師興趣真廣泛，在紙墨書香之外還有集郵雅趣。物品到手，老師卻只要了附贈的復刻童玩塑膠劍仔，原來她「醉翁之意」不在「票」！雖然這款劍仔不是她兒時所見金屬製造，鋒利得會割手的那一種。

有一回老師在書店訂購了一些舊書物事，但她有遠行，我便代她去取，心想可以看看老師購了哪些文學研究資料。結果出乎意料，原來老師訂購的是早年日本的手造書，每本都比拇指大不了多少，造工精細，分寸絲毫不差。

老師就是喜愛這些小玩物。

一次跟老師逛舊物店，她在店前櫥窗見到一本四十年代廣州出版的《電影論壇》，老師知我喜藏電影雜誌，便問我要不要這書，但我早有收藏便說不要了，然後老師別有深意地再一次問我，我雖感到有點不解，但仍再次回覆說不要。書取過手，老師像小孩子般狡黠地笑指封面說：

「你看，這是金庸早年的簽名！」仔細一看，封面果然有一個用鋼筆書寫，墨色已淡的名字「良鏞」！這店是我常到的地方，而《電影論壇》也放在櫥窗好一段日子，但竟然就把這機會輕輕放過，害我的情緒低落了好些日子。（一笑）

跟老師交往日子不算太長，但因彼此有一點相同喜好，故見面的機會不少。我人較追不上潮流，當年智能手機流行了好一段日子，我還是捧著2G電話不放，也是老師指出智能手機的多種好處，教我應選用一部，不是趨時尚，而是有實際需要。換手機後，老師不時會傳來一些圖像或網絡連結，都是我喜歡或應知道的訊息；我也利用手機之便常向老師請教求問，實在方便不少。

老師今年已八十四歲了，但一點不老，柔弱外表裡藏著一顆永遠的赤子童心。

老師念舊，也喜愛舊物，更愛一些骨子的小玩意，從她早年所寫的「懷舊十題」以及其他文章可見一斑。她前送我一件小擺設，是早年在國內一些舊建築拆下來的木雕小獅裝飾，高寬約兩吋，小巧別緻，說給我留念。就是一件小玩意吧，初時不明用意，接過手細想之下「小獅」不就是「小思」嗎?老師聽罷眼中充滿笑意。

小思老師就是一位趣意滿盈的良師益友。

陳漢森老師

從報章專欄中知道陳漢森老師退休，結束三十多年綿長的教學生涯，我是他最早的一批學生。

回想中三時，教我中文中史的老師中途離職，轉到當時剛創立的《中報》任記者，私校的教師流動性大，因此轉換教師在我們學生眼中並不是什麼一回事。陳老師走馬上任，他個子不高，相比起我們這班正處發育期的男生，他在身材上無疑給比下去，但他舉手投足自有分寸，話說一不二，眼神堅定，不怒自威，班中愛搗蛋的同學在他課上都不敢放肆胡來，因此同學都在背後稱他「陳師傅」而不名。

我們這一班男生雖然大都無心向學，但老師的好壞，我們總懂得分辨，陳老師一開始即不諱言他之前只是在工廠負責行政工作，大學時也非主修中文，而是哲學和數學，但他會盡力去教，只要我們肯學。

事隔多年，我已記不起他上中文課的情況，但他批改的作文我每一篇都留著，只因他是少數肯多寫意見評語的老師，而且具體而微，一針見血，他糾正我「曾幾何時」的用法，「罄竹難書」不能形容德政……一些我過去不曾存疑的語文錯誤，都給他一一匡正過來。

比起中文，我更愛上陳老師的中史課，中三下學期主要教的是中國近代史，當時有一套日本侵華紀錄片「慘痛的戰爭」在戲院公映，陳老師在課上向我們講述影片內容，當他講到一名日軍把一個小孩拋上半空，然後一刀把小孩刺死時，全班寂然，本來對中史提不起興趣的同學，自那次開始，上課都份外認真專注。

講到五四學生運動，他把自己珍藏的「七七維園保釣」事件剪報給我們傳閱，眼觀一頁頁已泛黃的報紙，耳聽近代中國的沉痛歷史，我的心情是很激動的，而這也開啟了一個少年的中國情懷，家國之思。為增進對學生運動的了解，後來我更用六十大元購買了一本由香港專上學生聯會出版的《香港學生運動回顧》！

日後我從事教育工作，其實跟陳老師不無關係，偶然大家會在一些教育局或教協主辦的活動中碰面，但都只是點頭示好，也許他已記不起三十年前曾教過的一個學生，而多年來他在報上專欄所寫的教學心得，卻一直在啟迪著我，如何去做好自己的工作。

一生承教

跟小思老師飯聚，朋友取出今期「明周」老師獲香港藝術發展局頒授「終身成就獎」的報道，她看後微微一笑，也不多言，很快便轉了其他話題。

小思老師對香港文學貢獻之大，尤其對相關史料文獻的發掘鉤沈，獲得這項榮譽，可謂實至名歸，我有幸跟老師結交，多年來見到的除了是一位治學嚴謹，事事務必尋根究柢的學者外，從她身上，我深深體會到什麼是「師道」的真諦。

作為同行，話題有時總離不開教育工作，老師雖然退休多年，但她對本地教育問題仍很關心的，她常說要給教師空間，他們才能有「心」，不僅是教學，還有對學生，心靈如果得不到釋放，又怎能投入學生的世界，陪伴他們成長？

小思老師多年來育才無數，可算是眾人之師，但她始終保持著另一個身份——從《承教小記》到《一生承教》，一直都是謙遜地、虛心地做一個終身學習的學生，「活到老，學到老」這句話人人會講，但是否能夠做到卻未可知。

一次陪伴老師到旺角專售郵鈔的商場閒逛，就在一間舊物店前遇到店主的年邁父親，已榮登外父級的店主，他父親春秋之盛自不待言，老師跟那位長者略一交談過後，便向坐在店前這位長者鞠躬行禮，當時我尚未更換智能手機，未能把這感人一刻拍下，但這個影像，卻深存腦海：年高德劭，長者所走過的人生路，中間總會教化感染過不少人，也許他們未必領有專業教師執照，但潤物無聲，在小思老師心目中，他們都是可敬可尊的人。

那一刻我有一種說不出口的感動，她不知道自己正給旁人作了一個示範——一生承教！

先生

近從舊物店購得一冊幼稚園時讀過的常識課本，第一課課題是「先生」，插圖是一位女士在教導小孩子認字。記得小學時我們每以先生稱喚老師，不論男女，當時只知道在學校教我知識道理的就是先生。

但升中以後，不知何故又把老師以性別來區分：隨眾地男的稱「亞 Sir」女的叫「Miss」，可能這樣才顯得摩登西化罷。至於先生，只是用來稱呼校務處男職員時用的。

學校以外，成人世界教導我們對初認識或有公事往來者，都以先生名之，熟悉之後自然免去這個稱謂，故此雖無不敬但可別親疏，可是真像又是否如此呢？

其實先生一詞，由來已久，意思是先我而生，同時比自己更有道德學問，實帶有尊敬之意，教我為學做人的固可稱先生；對年高德劭的長者亦很適切。不過很多時候我們將之限用於男性，以為這是男士的專利品，這無疑對先生一詞誤解了，其中可能是受填寫表格時的「先生／女士／小姐」所影響，後兩者為女性迨無疑問，前者屬男性專有也屬應該，如要再追究下去，這又與英文翻譯有關。話扯遠了，還是點到即止好。

國內大學生特別修讀文史哲學的，他們對老師多不會以其職稱稱之，如果你稱呼某老師作教授或博士，倒會給人一種生疏感覺，相反叫先生倒親切得多。北京大學中文系建系一百周年，陳平原教授寫了一篇紀念文章，追思北大中文系諸位前賢：游國恩先生、王力先生、吳組緗先生、林庚先生、陳貽焮先生、褚斌杰先生，每一位都是著作等身，成就斐然的學者，但他並不稱以教授博士之名，惟有先生一詞，才能表達出對他們的孺慕之情。

但在香港的大專院校，如果學生不知趣，教師有高級學位而不稱呼博士，榮升教授卻不為之正名，都一律以先生稱呼，不知者不罪，但如知會過你仍是不識好歹，老師會不高興的。

當然地情不同，稱呼有別，我們亦不必太執著於一端，只要謹記稱呼對方時恰如其分，也不要聽到人家說「楊絳先生」時便急不及待地直指人非，屆時鬧笑話的就是自己了。

我的小學老師

上了一輛平日不多乘搭的巴士，意外地給我遇見一位小學時教我的老師——馬鳳儀先生。

暌違三十多年，歲月在彼此的臉上留下了不同程度的風霜經歷。她看我，已無甚印象；我看她，雖然垂垂老矣，但那種高雅端莊的氣質三十年如一日，不曾隨日子逝去而減褪。

短短十多分鐘車程，我就在她身旁縷縷訴說我的一些事，包括就讀的小學，畢業的屆數，同期有些什麼同學，那時候每班人數都有四十多名，我竟可以一一道出，雖然全部已失聯久矣，還有教我的有哪幾位先生——那時我們都尊稱老師作先生，不論男女，不似今日滿口「亞Sir」、「Miss」般涇渭分明。每位的名字，李澤華先生、林國暄先生、黎曼影先生、葉雨蓮先生、何靄雲先生……都饒有深意。

她喃喃地唸著我的名字，但就是捕捉不到一點印象，其實也難怪，自己當教師多年，要我記得起一些像自己般樣子平凡，學業成績普通，運動表現平平，搗蛋生事不夠膽，大小事務總畏難的學生，同樣是高難度的事。雖然她仍未能確認到我的身分，但我是她學生這一點已不成疑問。

也許我說得太多，她倒過來問我現況，當知道眼前人原來沿著自己的軌跡繼續行走時，立時說了一句：「現在當教師真不容易！」臉上流露出一種憐惜而帶欣賞的神情：一種只能從父母至親才能感受到的溫暖。

她要下車了，起座時她向我說：「各自努力！」這一刻不知何來一種莫名的激動，當年她在贈我的書上就是寫下這一句！

巴士在交通燈前停下，隔著玻璃窗看她沿著嘉林邊道踽踽獨行，我不知道她是否突然記得起我，還是作為同行，說出一句互勉的話，但無論如何，這已為我漸感無力的教育工作注了一支強心針！

粉筆

放學開會，同事因要補課來遲了，甫坐下才意識到自己半邊身子白茫茫一片，湛藍色的外套給白粉灑滿，替他拍抖身上塵粉之餘，我也不免沾上了邊，彼此相視一笑，繼續專心開會。

都說從事教師職業的人最難隱瞞身分，除白襯衣口袋因長期插著原子筆，蘸染了一點紅墨水外，就是下課後如何拍打整理，還是揮之不去的點點粉塵，別人一看便無所遁形。雖然不少學校的課室已改用白板，利用水筆書寫無疑方便衛生，但如果你問一些較資深的教師，相信不少仍是喜用粉筆書寫，取其不易滑手外，偶然還可運用「陰力」，在撇與捺之間把字寫得剛健渾圓，當然更重要一點，是從小至今對粉筆的一點情意結。

學生時代每日安靜地坐在課室聽老師講課，老師口在解說，手配合無間地在黑板上演算題目，整塊黑板很快就給寫滿了，也不待值日生出來清理，便自己動手拭刷，黑板又潔淨如故，白粉抖落在橫木上，也灑滿了老師一身。不久下課了，敬過禮後，老師才用書拍打衣服幾下，遺下一地白粉，更留下了那委身而教，長存我心的師恩。

年前讀《柏楊回憶錄》，裡面提到作者童年時曾做好一題數學，老師要獎勵他，但無物可贈，只好把手上半截粉筆作獎品。雖是微小之物，但在作者心目中，已是一份無可取代的禮物，因為它代表了老師對他的厚愛。

今天是資訊科技的時代，年青一輩的教師，為響應當局呼籲，更多是利用電腦展示簡報，只消輕觸一下鍵盤，投映幕上又是另一番風景，讓學生一目了然。學生也不必抄寫了，叫老師把簡報列印出來再複印全班，省時省力得多，上課下課，師生各好，老師走出課室，拍手無塵。

「物莫如新」，舊物為新事取代，勢所難免，近年興起的「電子白板」，更是走在科技尖端，孩子上課看老師在白板前的各種新式操控，差點沒忘記現時正在上課。這一切看似大勢所趨，惟是當念那一筆一畫，曾在那人情厚重的時代，記下了師生永不磨滅的情誼。

謝師宴

每年大概到五六月總有不少學生回校邀請老師參加謝師宴，以表示不忘師恩。跟一些他校的老師談起，大家都有一種感覺，就是謝師宴舉行的地點愈來愈見隆重，但同時消費也愈見高昂。

記得早年入行時謝師宴多設於酒樓，而且為著方便老師，地點就在學校附近範圍。

酒樓是老師平日午膳光顧之處，侍應部長都是相熟的，一切事情就連價錢也易商量。可是不知從哪時開始，學生把地點轉向中環尖沙嘴的高級酒店，參加謝師宴就好像出席婚宴般隆重，老師有時下課來不及回家換衣服，只好穿著「工衣」赴宴，當見到一個個穿著晚裝或筆挺西裝的學生時，竟有點侷促不自然之感。

晚宴場面是豪華的，畢竟是酒店級水平，侍應招呼也周到，但事後從學生口中知道當晚的消費時，便不由令你為之咋舌，而這也似乎解釋了部分與老師關係良好的學生沒有出席的原因。

同事間有時會想到，謝師宴的意義價值究竟在哪？是否吃得愈豐富，排場愈體面就愈能代表對老師的敬意？聽過朋友說他任教學校的謝師宴上，有學生當眾戲謔甚至是戲「虐」老師，老師礙於環境發作不得，弄得場面好不尷尬。

有一次不太愉快的經驗，某年一班畢業同學舉行燒烤會答謝老師，時值盛暑，燒烤時間安排在下午，我向來怕熱怕曬，便婉拒出席，他們見屢勸下我仍不就範，就說我「唔畀面」，其他老師也不怕曬，只有我不尊重學生的意願，令他們失望。當時我還年輕，經不起這些無理責咎，便疾言厲色地替他們上了最後一節「德育課」——什麼是尊重。

我雖不敢代其他老師發言，但既為人之患，在好為人師之餘其實並不在乎一些盛筵美食。相信不少老師會同意謝師宴重點不在「宴」，而在於「謝」，同學不要給時下一味競尚奢華，只講體面的風氣所影響，還未有經濟能力便作如此花費，尤其當有同學因費用問題而不能出席，這豈是老師所願見到？相反只要是出於摯誠，那怕是一杯清茶，一件餅食，相信老師仍會甘之如飴的。

甘草演員

朋友中有提到昔日一名蹈海輕生的粵語片演員楊業宏，論知名度他雖不及高魯泉或西瓜刨，但在五、六十年代的粵語片中，總少不了他的參與演出。

大家如果對他毫無印象的話，那麼可以重溫楚原執導的兩齣電影「可憐天下父母心」和「黑玫瑰」，前者楊業宏飾演一位潦倒街頭、淪為乞丐的老教師；後者他卻是一個為老不尊，貪酒好色的富翁，因中酒瘋而給包紮得像木乃伊一般模樣的滑稽角色。但他更多在武俠片中扮演功力深厚的少林方丈或武當道長；時裝片裡面的護主忠僕或花王管家，電影中他演盡無數身分角色，嘗遍大千世界的悲歡離合，可惜隨著粵語片式微，加上年紀老邁，最後他在港澳渡輪上縱身大海，只留下「提早收工」四字，以表示對人世間一切皆已看透，可想像當時他面對茫茫大海時，眼中流露出的是何等蒼涼。

今天大家尚能數得出的粵語片演員可能只有謝賢、陳寶珠、蕭芳芳、胡楓，因他們大部分仍在娛樂圈中活動；更早的張瑛、吳楚帆、白燕、張活游、梅綺等，相信要老一輩的影迷才能認識。

但牡丹雖好，也需綠葉扶持，這些明星級演員其實需要一群甘草支持配合，才能相得益彰。

三十多年的觀影歲月裡，後期我特別留意到演員表中的配角特約名字：飾演包租婆的一定是陶三姑或馬笑英；演流氓匪徒的非馮敬文馮明兩兄弟和林沃莫屬；寫字樓職員則周鸞吳桐是不二之選；二世祖死飛仔當然是高超雷鳴；劊子手是關仁；小偷是黎明；的士司機是何柏光……他們每一位都演活了現實人生中的不同角色。

我想，如要說明什麼是人物造像典型，大概他們就是，可惜當時沒有人為他們每一位拍下造型照，否則教授戲劇藝術的老師便可以有最佳示範教材了。

明星

香港電影資料館二月放映一齣港日合拍片「香港之星」，由香港著名女星尤敏和日本男演員寶田明主演。尤敏是我最喜歡的國語片演員，過去一直未有機會在銀幕上欣賞她的演出，今回放映自是不會錯過！

「香港之星」是尤敏和寶田明合演的「港日愛情三部曲」的第二部，其餘兩齣分別是「香港之夜」和「香港、東京、夏威夷」，我看的「香港之星」，同樣以港日男女情緣為主題，內容並無大足論，相信不少入座觀眾，都是抱相同目的而來——細賞尤敏的動人手采。

吾生稍晚，未能趕及五、六十年代尤敏光耀影壇，和影后林黛分庭抗禮的時代，到我懂事時她已息影嫁作高家婦，直到八十年代一次翻閱《號外》以她作主題故事的一期，訝異何以如鄧小宇、岑建勳一眾大男人，竟對一位息影十多年的女演員懷有一種偶像崇拜的忠誠，當時實在有點不理解，其後對國語片的歷史稍有涉獵後，我便明白了。

五、六十年代的電影圈，可說是女演員的天下，與今日「男權當道」自不可同日而語，當時的娛樂刊物幾都以女演員作封面，男演員能佔上一席的可謂鳳毛麟角。那年代的女演員各有姿彩，如李麗華、林黛的雍容；張仲文、李湄的冶艷；葛蘭的妙曼；林翠的清秀；葉楓的穠麗，堪稱各自精彩。

芸芸眾星中，尤敏並非那種艷光四射的類型，她動人處是舉手投足時流露的溫婉淡雅、眼目顧盼間的靈巧聰慧。電影中她永遠是那麼楚楚可人，一顰一笑總能牽動觀眾心弦。那時候粵國語片影圈分別有兩位演員得「玉女」美譽，前者是林鳳，後者就是尤敏。

同期《號外》宋家驄寫了一篇「尤敏傳奇」，以張愛玲的小說片段貫串全文，尤敏沒有刻意經營，但已造就了一代傳奇，朋輩中不少人如我，僅看過她的照像便不能自拔，成為她不貳「忠粉」。隨著主角逝世，但相信這傳奇仍會繼續下去。

夜空無星，今晚都躲到雲裡去，只有這一顆明星永存心間，伴我度過這無眠的夜晚。

張英才

張英才辭世了，一位六十年代炙手可熱，繼「影壇鐵漢」曹達華後另一位在武俠片演出「師兄」，經常背負「不共戴天之仇」的俠客，同時也在不少喜劇片中與林鳳搭檔成銀幕情侶的小生，隨著粵語片式微，七十年代轉入電視台，既演出幕前也有幕後配音，由中生演至老生，以至最後退休。他的經歷，完全印證了一位明星由璀璨至寂沒的過程。

多年來我們很少有機會看到他的專訪，就是當紅時的六十年代，他也不多見於一些娛樂報刊上，後期可能只有TVB的官方刊物《香港電視》，但都是一些帶宣傳性的訪問，盡說好人好事。唯一一篇可能道出他真像的，是一九八五年香港國際電影節專刊《香港喜劇電影的傳统》中的訪問。

訪談中他對自己從影經歷只是輕輕帶過，在他眼中，演員只是一份謀生的職業：哪個導演？無所謂；哪個拍檔？也無所謂；喜歡拍什麼類型電影？無所謂喜歡不喜歡，只是打份工而已；從影中最滿意演出哪一部片？答案同上。當年他仍在娛樂圈工作，你明顯感到他的不一樣！太不世故，太不會為自己宣傳了，完全不似在娛樂圈工作的人！換作他個，一定滔滔說個不休，絕不放過難得宣傳自己的機會。

四十年前看這訪問已有此感覺，他的答問真的很另類，但同時想到一個曾紅極一時的演員，當日已是一個普通至極，只演三四線角色的藝人，而間中仍見他的報道，也是因傳說中與一名年青女歌手的父女關係有關。還看同期的謝賢，胡楓，曾江等仍然在影視圈中春風得意，甚至朱江，一位六十年代「嶺光」旗下的小小生，七八十年代時來運轉，拍過多部劇集更任男一！

真的，如果要撫今追昔，不斷懷緬過往而放不開，生活是過不下去的。當年在螢光幕見到他，總感到他隱存的一點落寞。

訪問最後，他說：「我從不做紀錄的，否則回味起來怎樣做人？太痛苦了。」

寶珠影友

近得前輩好友轉贈一批「影迷公主」陳寶珠的書刊和照片，沉甸甸的一盒子，是幾個不同的寶珠迷多年珍藏。

花了一晚時間整理，眼前所見，相信是很多陳寶珠影迷所夢寐以求的物事，當中有個人專集、電影特刊、戲橋、劇照、生活照片等，可是除了個人專集外，不少雜誌被剪得殘缺不全，只留下寶珠的封面頁和有關她的報道內頁，對我這個刊物收藏迷而言無疑是「暴殄天物」，但相對影迷來說，只保留與寶珠相關的資料便足夠了。

至於電影特刊，有趣地部分被這些影迷「加工」：例如陳寶珠與另一名影星領銜演出，她們會在該名影星名字旁寫上「客串」，表示只有寶珠獨擔大旗；在演員名單中，如有排名前於寶珠的，她們又會用箭咀符號把寶珠名字移上最前，務求令偶像不居人後！

細看一疊疊的照片和劇照，原來很多都是影迷互相之間的餽贈，她們的名字，不約而同的都是「珠」字輩：「愛珠」、「慕珠」、「美珠」、「羨珠」等，當然更巧合地，名叫「寶珠」何其多！我想應是為了追慕偶像而改的吧。

再看內容，除了「祝學業進步，友誼永固」外，更會多寫一句「願你與寶珠一樣永遠美麗」或「並祝寶珠生活幸福」等，我雖無緣識荊，但從稚嫩的筆跡裡，可見到的是一張張熱情率直、活潑天真的面容。

眾多照片中，我發現有些是寶珠親筆簽名予影迷留念的，但部分則明顯是影迷代偶像「冒簽」，有些則自編自導，自己題寫上款然後自行代寶珠簽名送回自己，雖然此舉有點「阿Q」，但如細心想想，這一切還不是出於對偶像的鍾愛和仰慕？

真的，如果寶珠看到這一切，也會感動！

粵語「殘」片

一些前輩朋友跟我談及粵語長片的種種，言詞間不無感慨。其實我們這些「六十後」，何嘗不是別有一般滋味？

也許我應該為自己趕及成長於六七十年代而慶幸，那時兩間電視台（無線電視和麗的電視）每天最少播映兩齣粵語長片以饗觀眾。日積月累之下，粗略計算自己看過的粵語長片應有過千！

當中戲曲片是一類型，以任劍輝白雪仙為代表；武俠片是另一類，多以曹達華于素秋擔主角；白燕吳楚帆的倫理片賺得不少婦女熱淚；謝賢南紅的言情文藝更贏得不少有情人同聲一哭！當然更少不了陳寶珠蕭芳芳的青春歌舞電影……

然一切皆遠了，你可能還可以跟三兩位比你年長的師友湊興聊聊，一旦不知趣，和同齡人或稍後生於你的人談及，他們不是對你所講流露出惘然眼神，就是笑譴你「唔化」，更巴不得跟你劃清界線，視你如珍禽異獸！

粵語長片真的是那麼討人厭？更有人予以「殘片」的不雅稱號，「殘片」也者，是指影片日久失修，還是故事劇情陳濫不堪？我以為更關重要的是時人將之低俗化！近二十年來，無論是打著「懷舊」幌子的電影或電視劇集，都喜歡把粵語片的慣用情節加以醜化或扭曲，甚至在一些表面向前輩演員致敬的節目中，還是要娛樂至上，總得詼諧笑譴一番才肯罷休。

上月一位資深粵語片演員去世，電視台翻出當年他的退休特輯重播，看著一個個藝員誇張地模仿他過往的演出，他臉上的尷尬表情，實在教人不忍。我不是崇外，但觀外國影視界對前輩演員的態度，可謂優劣互見。

粵語長片給人看不起，能不與此有關？

回憶《新報》

《新報》是我少年時最愛看的報紙，熱愛足球的我，對球壇消息自然緊貼追蹤，家中除了《足球世界》、《足球圈》、《球國風雲》等雜誌外，也跟隨兄長追看報紙上刊載的球壇新聞，這也是我早期愛閱報的原因。

當年每逢「南精」大戰翌日，家裡最少有四至五份報紙：《香港時報》、《工商日報》、《香港商報》、《晶報》和《新報》，上述報紙除了後者是家中常備外，其他多只在大戰翌日才出現，雖然各份報紙賽後評述都有獨到之處，但我始終對《新報》較熟悉，看得也較仔細。直到今日，我還清楚記得「體育版」的每日版面編排：頭條介紹即日比賽，旁邊是昨日賽後評述；當然少不了球圈花絮——「大合唱」。那時候體育版的記者都有自己的筆名：「力航」、「長虹」、「鋼炮」，各有特色。

年紀漸長，開始瀏覽體育以外的版頁，港聞是我除體育外每天必讀的重點，記得七十年代旺角寶生銀行劫案、大毒梟吳錫豪落網、反貪污捉葛柏等轟動一時的大新聞，我都是從《新報》知道，不過若言哪則新聞令我最震撼，當要算一九八三年中揭發的「雨夜屠夫」案，有一天跟父親上茶樓品茗，口中在品嘗美味鳳爪之餘也在翻揭《新報》，赫然見到一幅一雙遭割斷的人手大特寫，手臂上的紋身還清晰可見！三十多年了，那一幕依然記憶猶新。

新報的副刊向來較少人提及，其實在七、八十年代，無論是小說連載或是專欄小品，都甚可觀，那時候文藝小說大行其道，不少名家都在副刊版佔一席位，例如嚴沁、依達、岑凱倫等，此外八十年代初開闢「海天」版，版頭由張大千題字，張文達（林洵）主編，刊載不少文壇掌故，民國秘辛，藝文叢談等，每篇都由名家執筆，可讀性頗高。當時有一篇社會學學者潘光旦的回憶錄連載，我每天都加以剪存無誤，可是有一次買不到報紙，又不甘心連載中斷，於是寫信到報館，希望可以把所缺的一段剪寄給我，兩日後竟然收到一個塞得滿滿的信封，裡面是一整張對開的副刊頁！

這是我第一次與報館的交往。

長期以來，新報的讀者群主要是成年人，除了體育版精彩外，馬經也廣受馬迷歡迎。大概到一九八三、八四年間，可能為爭取學生讀者，於是闢了一版學生園地「新象」，我生平第一篇文藝習作就是在這裡發表，這個學生園地初期或許未受注意，故投稿者不多，因此那時候幾乎每星期都有我的習作見報，而稿費也實在不俗，每篇獲刊文章有四十元稿費，在當時來說已頗可觀。

《新報》在八十年代尾至九十年代初是我印象中辦得最出色的一段時期，當時有兩個周刊版頁：一個是「社會實錄」，另一個是「流金歲月」，前者就當時的社會事件作專題深入探討，也有一些為人忽略的小人物訪問；後者可能乘當時的懷舊潮流而設，把昔日香港所值得記述的人事重新呈現讀者眼前。「流金歲月」更在蘭桂坊一酒吧組織過一次懷舊聚會，當日出席的除主持龍景昌先生外，還有著名懷舊達人吳昊先生，參加者都把自己的懷舊收藏公諸同好，一起分享交流經驗。

世事如棋，自從新報於九十年代初易主後，報紙改版，加強流行娛樂資訊和不少成人趣味，一些不符大眾口味的版頁不能留下，而經過「報業減價戰」一役，改版頻頻，其時我已甚少購閱，而她給我的記憶，亦是我們成長於七八十年代的流金歲月，美好時光。

國貨

新年過去，家中堆放了一些親友餽贈的禮品，拆開取看，大多是「藍罐」曲奇或「金莎」巧克力等外國品牌，鮮見到本地或國產貨品。

童年每過新歲，親友送來的除了鮮果外，最多是「幸福」、「豐收」或「金杯」巧克力這些國貨，三者除包裝外型略有不同外，吃下去味道其實差別不大。當然還有美國「金鷹」巧克力和「花街」拖肥糖，不過這些外國名牌，並不常在家中出現，自己也不曾渴望想一嘗為快。

除糖果外，嘉頓雜餅是國貨以外較多接觸的禮品，那是一個還講究經濟實惠的年代，嘉頓的檔次並不下於「藍罐」曲奇，除了款式多外，更重要的是「耐吃」，罐內餅塊每層隔著一張牛油紙，一層一層地慢慢品嘗，她就像一口希望井，只要不致淘空，每回揭開罐蓋都嗅到一陣甜膩香味，內心就有一種踏實的感覺。

除賀年糖果外，我們最多接觸的國貨莫如罐頭食品了，在他人眼中，它不過是颱風來襲時每個家庭臨時張羅，勉強下飯的粗食；對我家而言，要非這些特殊日子，母親也不會取出這些罐頭佐膳。除了永恆的午餐肉和豆豉鯪魚外，還記得鹵水墨魚和梅菜豬肉嗎？這些「天壇」、「梅林」、「珠江橋牌」出品，大部分現在仍然有售，只是鹵水墨魚已久違了，但當年一絲絲地撕下來吃的情形，仍然深記在腦海中。

除了吃之外，「穿」也是跟國貨有著千絲萬縷的關係，最明顯的是校服，那一件可穿上幾年的「大地」牌校褸，不知是否小孩血氣較足，那時候無論天氣多冷，只要在校褸內多添件毛衣便足抵寒；至於那條深藍色的扯布褲，由初摺起褲腳到小六畢業時要放長褲腳，除了膝蓋位置因磨蝕較多出現白印外，基本上還算完好；此外還有那雙體育課必備的「蜻蜓」或「金錢」牌的白布鞋，上體育課固然穿上，放學之後，到球場跟朋友較量也派用場。

最後不可不提的是我輩童年恩物——汽水。打開士多冰櫃，裡面多是「可口可樂」、「七喜」、「屈臣氏」、「綠寶」等名牌，偶然才會見到國產珠江「白雲」汽水，勢單力弱地混在其中，但它的優勢是售價便宜，而且容量較大，往往是精明消費者如我的首選，年紀小的我，其實又怎會計較是什麼品牌的汽水呢？只想一口喝下去然後深深地打一個長嗝，那種舒暢感覺，真如一切煩惱皆可盡消。

國貨曾幾何時是實惠、耐用的代名詞，記得讀書時期全身上下，包括書包以至所有文具幾無不是國產出品，今日懷舊風盛，不少人喜尋找童年回憶，但不受時間淘汰而留下來的多已成為收藏家的寶物，我近年著意買進一些昔日《大公》、《文匯》隨報附贈的周刊，就是喜其內頁所載的各種國貨廣告。

街頭小吃

童年家住九龍城寨，每天上下課總得經過城寨外圍一帶，而到午後就有一檔檔流動小販售賣各式各樣的小吃，小學時口袋難得有一角幾分，不過有時剪髮後找贖到一些零錢，也可以間中解解饞。

其中在龍崗道口有一檔碗仔翅兼賣生菜魚肉的，前者味道一般，而且粉絲遠多於肉絲，無甚「咬口」；後者的食材也很「經濟」，生菜切成幼絲，難得撿到一片成形的菜葉，魚肉也是粉多肉少，毫不「實在」，惟是那小碗清澈得見底的味精湯引人，再加上一些胡椒粉，辣辣的份外冶味，每次我總喝個碗底朝天！

還有一檔專賣蒸點的，一個大大的蒸籠，裡面有燒賣、粉果，前者雖然不會標榜是什麼「魚肉」製作，但也不會是以粉堆砌，而是老老實實地給你咬到一些肥肉和胡椒粒；後者皮薄料足，唐芹、花生、粉葛、蝦米一應俱全。無論是燒賣或粉果，每一個都圓渾飽滿，蘸上秘製豉油更加美味可口，一毫子就有交易。

另外南角道口有一檔「車仔麵」，也是我喜歡幫襯的小食，今天人們叫一碗車仔麵，名為「吃麵」，其實是吃那花樣多端的小食。當年車仔檔出售的只是魚蛋、魷魚、豬紅、牛腩、豬腸等「元祖」式的小食，都是令人食指大動的食物，而我當年多數點「兩個麵，一毫豬皮」，麵食為主，小吃為輔，貪其飽腹之故。

車仔檔旁有兩桶水，一桶水色渾濁，還有一些泡沫浮面；另一桶水較清，但仍有些菜葉和雜碎載浮載沉，一次我太好「手尾」，把碗筷放入那較乾淨的水桶中，檔主手急眼快，連忙把碗筷撈起說：「這桶水要來放湯用的！」然後把碗筷放進另一桶水中。

如以今天的衛生標準看，這檔主早遭人投訴並給食環署查辦了，但當時大家習以為常，深諳「大菌食細菌，細菌作補品」之道，只能說自己少見多怪了罷。

感謝 YOUTUBE

家中用了近八年的電視機壽終正寢，新電視機遙控掣有「YOUTUBE」的選項，接上網絡連線後，不少往日錯過的片集都可一一重現。

這個影片分享平台，內容可謂包羅萬有，無論哪個年齡層的人，從中都可找到自己的心儀節目選看。至於我這個「六十後」，最喜歡的莫如可以回味童年時代的不少精彩片集。

六十年代電視機並非一般家庭所能擁有的產品，想看電視就得要母親恩准才可到公園或鄰居家中觀看。第一個有記憶的片集名「彗星女郎」，講述一名外星少女來到地球，寄棲於一個日本家庭所發生的趣事，女主角名字已不復記，但片中兩個搗蛋頑皮的小主人「小武」、「小浩」，一胖一瘦，印象仍深。

另一部片集「大戰天魔」，可算是第一代太空地球正邪對決的科幻片集，劇中的「天魔」羅德，與正義的機械人「金達」連場惡戰，看得我輩眉飛色舞。而這類片集中影響力最大的，莫過於衍生日後「超人」系列的「地球保衛戰」了，這部片集講一支地球保衛隊如何抵禦外星怪獸來襲，那時候已很奇怪何以無數怪獸總喜歡來犯日本，一切不幸慘情都在日本發生，其他國家沒有侵略者嗎？這疑團一直纏繞著我的童年。

至於外國片集令人最難忘的應數「合家歡」了，講述「豬仔」和「小寶」的雙親遭遇不幸，故跟較年長的姊姊一同由叔叔戴標收養，劇中還有一位管家法蘭叔叔，每一集就是圍繞各人的生活遭遇衍生出一段段的感人故事，是一部人情味濃厚的單元劇集。

然而令人回味的又豈止「合家歡」呢？喜歡警匪偵探的自然不會忘記「無敵鐵探長」和「雌虎雙雄」了，前者是一位坐輪椅的「艾朗西」探長憑智慧屢破奇案；後者則講述兩男一女，包括「彼得」、「希斯」和「茱迪」三個改邪歸正的年青人，協助探長擒兇破案的故事。這類片集其實還有「聯邦密探隊」和「萬能神探」，但現時尚未能從「YOUTUBE」收看到。

上述的片集沒有粵語配音，看來應是本國原裝上載，少了那幾把熟悉的聲演，感覺自然稍有不足，但本想是永不回來的風景，今日竟能舊夢重溫，也該知足了。

董橋印象

董橋是當代最受矚目的作家，近年他每一本新作面世，都會掀起一股購書熱潮。

真正認識董橋，應從他一本內地出版的《舊時月色》說起，僅看書名，便深印於心。「舊時月色，算幾番照我，梅邊吹笛……」姜白石的《暗香》，是當年「詞選」鄭滋斌師選教的一首，再覲書內其中一同名文章，記的是董橋在摩囉街上走訪賞玩舊物的痕爪。

其實九十年代至二千年初，是我到上環一帶追尋舊書報刊最勤的日子，曾經在好幾個周末下午，總會在摩囉街斜路遇到他，穿著米白色西褲，腳踏黑色尖頭皮鞋，就是熱天還要披一件深色機恤，衣著配搭得當，一絲不苟，有時是跟店主閒聊，有時是蹲在地攤前揀選一些小玩意……

「你知道嗎?他就是那個寫專欄的董橋，常在我這裡找杜娟的照片……」我但笑說幸好不是杜娟的影迷，否則杜娟的照片就輪不上我了。

這個印象投射到他那篇〈舊時的月色〉一文，那個找《大成》《大人》的年青人，其實不也就是我輩一樣，帶著遺少老成之風?今天的董橋名震海內外，是少數能隨心所欲寫自己想寫的作家，而又有很多讀者追求傾慕，歷久不衰。

學生時代做過一篇閱讀理解練習，就是他寫的〈世界上最大的書店〉，覺得寫法新穎，有別於其他看得教人打呵欠的篇章。後來在田園書店以五元特價購下他的早期著作《雙城雜筆》，也特意先重溫那篇〈世界上最大的書店〉。

而三十多年間歲月，倒是特別鍾愛他在明報時期的「英華沉浮錄」，才真正認識作者的博學強識，見解獨到，難怪許子東先生在課堂上說再忙的時候，《明報》的董橋和陶傑是不可不讀的。有一篇〈等待更多知名的真學人〉，文中提到滋斌師，對他所提出改善香港大專生中文水平的意見甚表認同，我給老師看了，他看後但笑不語。當年「英華沉浮錄」結集十冊成書，我買不到明窗版，退求買了國內遼寧教育出版的，無論裝幀設計都可亂真，心想暫作療飢，待見到正版時才買一套，怎知十多年了，就是與之無緣。

我的書櫃放了不少董橋作品，但沒有一本是有董橋題簽的，知道不少書迷為取得董橋簽名花盡心思。每年書展董橋多會在場為讀者簽名，很多讀者不惜苦候多時以求遂願，但當見到排隊人龍驚人，缺乏耐性的我，只有望而卻步。小思老師知道後，不久竟贈我一本董橋題簽並有我上款的作品，能得到此書自是欣喜，但我更感激的是小思老師在如此細微處仍能照顧到。

懷念羅冠樵先生

才從書店買來《小圓圓》復刻版單行本，還未及細看，便收到作者羅冠樵先生去世的消息，雖然近期頤之年，得享高壽，但對於閱讀《兒童樂園》成長過來的人如我，總難免有黯然之感。

羅冠樵先生是《兒童樂園》的中堅分子，打從畫報創刊便執筆編繪「小圓圓」兒童生活故事，裡面的小圓圓，小胖、小麗、黃聰等角色可謂深入人心，當然還少不了中國神話故事「封神榜」和「西遊記」等作品，這在當時充斥著暴力黃色連環圖的社會中，全賴《兒童樂園》這股清流，讓兒童可以有所選擇，毋庸諱言筆者同時也是《小流氓》的忠實讀者，而不致於學壞，相信與《兒童樂園》導人以善，帶給人向上光明的思想意識不無關係。

我藏有五十至七十年代的《兒童樂園》，最早的是創刊號，最後的是一千零六期終結號，歲月橫跨近半世紀，總算是有頭有尾吧。當中少部分是我從小藏有，但更多是後期從舊物店「高價」購得，而創刊號則是好友吳貴龍兄相贈的。

無論是新知舊雨，大部分的封面都出自羅冠樵先生手筆，他喜以四季和農村傳統節日作封面主題，我尤愛他所繪畫的中秋、農曆新年節慶的畫面，畫中人為預備慶祝節日各司其職，各盡其責，那是中國傳統社會生活的縮影，簡單純樸而和諧。

二零零八年香港文化博物館舉辦「《兒童樂園》——羅冠樵的藝術世界」展覽，藉此向先生致意，當時不少家長都帶同子女前往觀賞，但對新生代而言，他們未必能感受或理解父母輩對《兒童樂園》的情結。無論如何，我只知道自己是幸運的，因為曾經與《兒童樂園》一起成長。

兒化

「兒化」一詞本是普通話的一種語音現象，但不知道從什麼時候開始，社會上頗多人喜歡把青少年加以「兒化」，用「同學仔」來稱呼尚在就學的青少年即為一例，不論他們是大、中、或小學生，偶一聽之還不覺什麼，但聽多了卻感有點不妥當。

我想用「同學仔」一詞稱幼稚園小學生甚至中一生，尚無不可，因為他們年紀還小，但目前情況是無論在什麼場合我們都聽到一些人濫用這名詞，即如年前在中國語文科校本評核中抄襲違規的學生，有議員聲援他們，並指這些「同學仔」是受人誤導而犯錯云。不知何故我總覺得很彆扭，這些準中學畢業生，年紀最少也有十七、八歲了，用「同學仔」一詞是否想表達他們還是小孩子，年少無知，不應從嚴嗎？

陶傑曾經指出這個社會逐漸「兒化」，大學生仍抱著 Hello Kitty（或同級）拍畢業照，個人生活起居仍未能自理，處事沒有主見，其實一定程度上是成人所造成。我們從傳媒報道中見到不少：大學生由家長陪同面試，大學畢業生需要父母代向僱主爭取福利權益等，上述例子在在說明有些家長是不願意或不承認孩子已長大，同樣地我們無意中也間接成為「幫兇」，「同學仔」、「朋友仔」等親切可愛的稱喚不絕，讓他們誤以為自己真的還小。

我們愛護年青一代是應該的，但要清楚什麼是「愛」，什麼是「害」，過份呵護、縱容，令他們不能自然健康地成長，以為自己真還是「同學仔」，當遇到不能扭轉，旁人愛莫能助的殘酷現實時，到時又當作何想？

朋友

工作間觸目所見的人都是同事，有些人會把這些共事者視作朋友，但也有些人會把同事和朋友分得很清楚。

每天在辦公室工作十多小時，同事間相處的機會有時比家人還要多，為著一些事務作商討、分工，然後實行，完成後又待下一次合作的機會。其間碰面有話則長，無話則短，基本上鮮會提及工作以外的事情，大家就像有默契似地，誰都不會觸及對方的私人禁區。

直到某一日，有人打破這個框框，在茶水間突然跟你說他的家人種種問題，你一時措手不及，不知怎樣回應，四周也無他人，總不成溜去吧？只好說了一堆似是而非的安慰說話，而同事這種關係，就由此改變了。

你覺得他的傾訴是表示對你的信任，同時也是伸出友誼之手，於是你也推心置腹地跟他無所不談，其實你也有不少問題困擾，亦想有人能夠加以開解，但他似乎對你的事並沒有興趣，而是更多地把他家裡事一一道來，你雖有點不解，但仍細心跟他逐一作分析，讓他可以得到多一些意見參考，因為你覺得這是朋友之義。

可是日子漸久，你發覺彼此的關係其實並非如你所想般，因為每當你有事發生，他不僅沒有探問，更遑論助你解決，你開始感到大家的關係並非建立在同一個平台上，你一向認為朋友應是互相關照體念的，可是長期以來，雖然他常表示把你引為知己，但他所關心的其實只是自己。你曾想過向他表達自己的感覺，但又怕他覺得你對他有所要求，於是只好繼續做著電台主持麥潤壽的角色。

有一天，他和家人在街上與你不期而遇，這時他向家人淡淡地介紹：「這位是我公司的同事……」

這刻你有一點失落之感，才想到過去所做的一切，在別人眼中，原來仍只是一個同事的角色。

重逢

深夜港鐵車廂乘客稀少，剛飲宴罷，女兒偎著妻子沉沉睡去，妻則靠著他閉目養神，而他自己的目光正注視著對面的那位女士身上，很眼熟，但就是想不起曾在哪處見過。

女士從手袋中取出一本書，然後慣性地把雙手托在書背上，一下子就投入了書中世界，這個熟悉的影像，令他猛然省起原來彼此也曾相識。

當時他才是一名唸中四下午班的學生，閱報是他最大的嗜好，為了省錢每天總是待放學後才買報紙。那時報販多在午後把一些報紙摺成「拍拖報」，以一份報紙價錢出售促銷，他最愛的是《明報》和《新報》，前者以中國消息特別詳盡見譽，後者則以報道球壇動態著稱，由於這兩份報紙都較暢銷，故能拍成拖的機會並不多，所以偶有一次他便歡喜得像中了獎一樣。

一天他在學校圖書館看到自己的習作在《明報》校園版發表，那時影印還未普及，只好待放學去買來剪存留念。未知何故當日《明報》特別暢銷，他只能在離家較遠的一檔報攤見到，可是這唯一的一份卻不幸拍著馬經報，而他又不甘心放棄對「南精」大戰分析獨到的《新報》，只好硬著頭皮問那位穿著校服看檔的女學生，可否把《明報》和《新報》併起來出售。

女學生抬頭望他一眼，也不說話，便放下《預科中國文選》過去把兩份報紙併起遞給他，還是收回原價。他很高興，但漲紅著臉就是說不出一句多謝。那女學生很快便坐回原處繼續溫習，而他已忙不迭翻揭《明報》找回自己那篇習作看去。

以後日子，他每天寧願走遠一點都到她檔口買報，而除非《明報》、《新報》售清，否則那裡最少會有一份拍拖報由這兩份報紙組成，他知道這是為他而留下的，心中感激，但就是講不出一句感謝說話。

從此，兩人每日一會，他取過報紙，她接下報錢，始終沒有多話。直到那年九月，他轉往另一所中學升讀預科，校服換了，而她也不再穿著校服看檔，那次是她唯一一次主動開口說話，問他預科唸文或是理？他答唸兩文兩史，她聽罷一笑說很辛苦的。他沒有追問，因為知道這是過來人的經驗之談：他看到放在椅上的港大文學院迎新T恤。

不久他舉家搬往別區，偶然行經檔口，看檔的已是一個比他還要年輕的男學生，他問起她，原來她住進了大學宿舍，已沒有時間幫家人看檔了。

二十年歲月悠悠，兩人竟然不曾在任何地方遇過，香港地方雖小，但要遇上一個人卻也不易，而往後的人生種種經歷變化，並沒教他忘記這一段少年往事。

現她就在眼前，他很想上前探問，讓她知道當年的一點善意，竟使一個少年感恩不盡，直到如今。

家教

「73」是香港電視史上第一部諷刺時弊的處境喜劇，一九七三年首播至一九七六年結束，期間雖曾更易劇名，但基本人物角色無大改變，都以劉一帆一家和同屋住鮑漢琳父女日常生活作題材。早前在電視頻道重播，我幾乎無一錯過，除重溫上世紀七十年代本港所發生的社會大事外，更從劇中人的演出，看到今天久違的待人接物態度。

就以飾演劉一帆次子的劉天賜為例，劇中他是一名大學生，思想較為前衛，不時會因觀點不同與父親意見相左，知道父親愛面子，縱使大不為然，最多只沈默不語，不會動輒反唇相稽；一家人吃飯，嫂子熱湯傳到面前，他即先奉與人，不會先嘗；飯後水果也是先遞他人自己才享用；用飯後不是拍拍屁股行開，而是幫手收拾碗筷。

回家見有客來訪，客人雖已有家人招待，但仍坐下來問候寒喧一陣才失陪；到朋友家中作客，剛巧又有客造訪，雖不相識仍站起表示歡迎，而非大剌剌安坐如故……。但更重要的，是懂得說話得體，恰如其分，不會「我府上」、「你舍下」；也知道「家父」「家母」這些平常不過的對父母的稱呼。

這就是家教。

以上的生活日常在某些人看來或許微不足道，我也相信不是劇本要求指定，劉天賜後來指出他在劇中只是演回自己而已。幕前如是，幕後亦然。當時只道是尋常，但今日看來，已教部分不知禮數的人汗顏……

得閒飲茶

雖然近來經濟不太景氣，但每年這時候辦公室總有人事去留，有些另有高就，也有升學進修，因此「得閒飲茶」這句話就不時在工作間傳起來。

「得閒飲茶」背後之意是別後大家有空再聯絡，表示交往仍會繼續，藉以維持關係。可是現實上有幾多可以兌現？在辦公室由同事發展成朋友並非少見，但如果在工作之外沒有其他的網絡連線，這段關係始終有所局限，亦會隨日子的消逝漸褪。

也許初期對方仍會對舊公司的人事問題有興趣，你會跟他提及經理如何扣起同事的加班費，茶水間一些「私人食品」不時會不翼而飛等閒話；他也會詳細告訴你新公司的人事編制完善，福利又多，與你現在身處的實不可同日而語。

大家就是通過電話往還，而「得閒飲茶」卻始終停留在理論層次。你曾好幾次約他見面，但不是工作時間安排不到，就是臨時有要事處理，彼此都感到有點無奈，故此兩人就只能以電話傳話。

隨著日子過去，可作談資話題漸減，手機通話少了。有一次你跟他隔著電話聽筒，談不了幾句後彼此竟無言以對，這一刻你知道這段關係離圈上句號不遠了。

之後就是每逢年節，你間中會收到對方的祝賀短訊，再後來連文字也省掉，只剩下那些人人通用的祝福圖案。雖然這樣，但你仍用心寫一些貼心話語，可是只有你努力去維繫，始終喚不起對方的積極回應，最後你只能對著電話屏幕嘆息。

直到某一天，當你整理凌亂的辦公桌抽屜時，無意中找回一盒失落已久的茗茶，那是他離開時送贈給你的，當時你刻意沒有飲用，覺得如果開啟的話，這段友誼就會像茶香般即時揮發，混和於空氣中消失無形。

現在你凝視這一盒茗茶，雙眼竟濕潤起來，想起昔日種種交往，然一切已隨流水去。最後你還是不捨得棄掉，雖然茶葉的保存期已過了很久。

眾生相

小思老師早期以「明川」筆名編寫的《豐子愷漫畫選繹》，恐怕是最早把豐子愷的畫作引入香港而受到注意的一本著作。書中她為每幅漫畫所配上的小品，篇幅短小精警，畫文相照，四十多年來讓幾代人加深了對豐子愷的認識。此書年前更在內地出版發行，比較港版、國內版在舊書名前加上了「眾生相」作起題，顯得簡潔明達，因為三字已涵蓋書的精神內容，也符合豐子愷看天地萬物皆為眾生之意。

記得第一次接觸豐子愷的文章是中三國文課上的「夢痕」，文中主人公額上的傷疤，成了他日後種種童年回憶的見證，對當時年紀還小的我，朦朧中已開始對人生初有感悟，繼後看過他不同版本的「護生畫集」和其他漫畫選，作者的童心和真性充分體現在一幅幅畫作之中：替椅子穿鞋，葵扇作腳踏車等皆然。

不過他最令人感佩的是對生命的珍視，無論一草一木，一鳥一魚，皆為眾生，與人無異：為螞蟻通行開路，對世人濫殺行為的不齒等，讓我明白到「眾生平等」，不光是口中說得漂亮，更要身體力行。而這一切對比時人種種乘船出海「放生」的荒唐怪相，以為做好事卻罪孽深種，實令人難過之餘又添憤慨。

現世名家書畫有價，豐子愷的書畫向來都有價有市，我不知道今日國內人競拍他的畫作之餘，有沒有細看畫中情意，也許還要加上明川的精警會心文字，才可以教這一代人知道眾生有情，才明白「天生萬物以養人，人無一德以報天」的真意，才不致令國家被人譏作窮得只剩下錢的國度。

一切令人齒冷的行徑，無論對人或待物，未知看過豐子愷的《護生畫集》後，能不能有一點悔悟？

談美

一名女模特兒近日在報上宣揚她整容隆胸的事，部分傳媒自然大加炒作，更使她成為電台報刊記者追訪對象，風頭可謂一時無倆。其實這在本地娛樂圈已非什麼新鮮話題，但像她一般大膽自我揭露的畢竟不多。

看報紙上所載其整容前後的照片，目前所見似乎「美」多了，但這種美是否可代表一切呢？傳統上我們品評人物例如「秀外慧中」或「文質彬彬」等都是要求內外兼備，不論男女，可惜時移世易，現在社會上觸目所見盡是一些修身美容廣告，不少人對此趨之若鶩，以為外表上的美就是一切，於是乖乖地把辛苦賺來的錢財奉上。

當然也有一些天生麗質者，她們美得跟人工修整過的人一樣，看上去幾可稱天仙化人，可是當你有機會稍加接近或了解後，你便知道上天其實是很公平的。

過去一些選美活動，當你聽到佳麗回答司儀所問，「端午節要吃月餅」，你會懷疑這名本地佳麗是否外星移民；台灣某女歌手回答不出中國抗戰經歷多久，知道答案後竟說「才八年」，這時更美的人兒也會變得面目可憎；年前那個又天真又傻的女歌手，傻是真的，天真卻未必，但經她一用，恐怕漢語大詞典要加速出版修訂本，為天真一詞賦上另一意思……。

以上所提及的人，難道她們不美嗎？以我男人生物性的觀點，已不錯了，但可以接受嗎？這種美，是會變的，「永保青春」畢竟只是騙人的話，惟有風儀態度，內涵氣質，才會跟你隨年月俱增，與你共存。也許大家會說我陳義過高，是的，在這個先看外表再看其他的社會，美姿儀無疑佔了一點優勢，但這又是否唯一的成功之路？當這個社會淪落至此時，還有資格稱為文明社會嗎？

過去上一代長輩多讚美女性儀表「端莊」，但這個形容詞，跟另一個與之並列的「嫻淑」，就像史前生物一樣，我們真的久違了，這也許展示了兩個世代審美觀之不同，如果讓端莊嫻淑重新納入選美條件，未知這個想法會否既天真又傻呢？

經營之道

家居附近新開了一間西藥房，每次經過，都被堆放在門口的貨品所吸引。

這店鋪面不大，跟其他的西藥房一樣，門前多擺放廁紙和洗潔精洗衣粉等一般廚房浴室用品，但特別的是我們日常食用也一應俱全，飲品如即沖即飲的咖啡紅茶包，另有各款紙包飲品，就連罐裝汽水也有凍櫃存放！吃的也不遑多讓，餅乾、燕麥片、奶粉、即食麵、通心粉、意大利粉以至烏冬等主食自不待言，一些五公斤裝的食米也有供應，其他糧油罐頭和雞粉醬油等調味品更不在話下了！

進入店內，兩邊貨架所放的是各式餅食和糖果巧克力，有散裝盒裝任君選擇。據我的外傭報告，這店所售貨品絕大部分較本區的超級市場便宜，當中有些更低三分一價錢，我雖不是格價達人，但有時從報章所登的超市廣告可見，的確他們所講的「抵買價」其實仍比不上這間西藥行廉宜！

自從這店開張後，家中最高興的非外傭姐姐莫屬，因為她從此不用再走得老遠去買一些日常用品。有時見到她大包小包的藥用食品買回家中，問其原因，原來因為貨品價廉，她竟有「水位」可走，轉售給同鄉賺點外快！

這間商店，與其名之藥房不如稱之小型超市更加貼切，基本上家庭各樣所需都可從中找到，其實也得感謝這些店鋪，讓我們小市民可以有多一個選擇，不用再受那些連鎖式的超市剝削。

有一回我購物後跟店員閑聊，打趣問他店內幾乎各式日用品俱備，何以不兼售冬菇蝦米等乾貨，他半帶認真地說：「我們是藥房，不賣海味的！」

報紙

行經報攤，你會發現傳統的收費報紙只剩下寥寥幾種，過去「人手一份」的風光不再。如作統計，恐怕沒有幾多戶人家中是存有報紙的。

在那個還未講「環保」，但人人已身體力行的年代，報紙是我們生活中不可或缺的一部分：那時候每個家庭主婦都會帶備一個「買菜籃」上市場，菜選好後，檔販很俐落地把鮮肉、鮮魚用報紙包好，再用鹹水草束起交給顧客，簡單方便；雜貨店櫃檯前有一疊已裁好大小尺寸，並用繩穿好的報紙，只要你買的是乾貨，就是買榨菜、南乳、豆豉，店員隨手扯下一張，都有方法包得穩妥交給你。主婦回家後打開菜籃，把各樣東西分別處理，從不曾嫌棄報紙不乾淨。

家中日常抹窗抹玻璃，報紙上的油墨最能夠去油污；開飯了，擺放碗筷前先要用報紙鋪墊，飯後只消把報紙包好，檯面整潔如故；購置新「五桶櫃」，每一格用報紙墊底是理所當然的事；為要把相架鏡架的照片或書畫能弄得貼貼服服，利用報紙填補玻璃和框架間的空位是不二法門，同時也可防蛀。（這也是一些歷史悠久的舊報能倖存下來的原因）

報紙也是兒童恩物，不花一毫，紙手槍，紙飛機、紙船，一應俱在，足可玩一個下午。我第一枝李小龍式的「雙節棍」，就是以一枝筷子為中心，用報紙從外捲成棍狀，再一層層包實，完成後以繩把兩枝短棍連起，雖是紙作，一棍打下，也有痛感。

那是一個惜物、講求物盡其用的年代。有一句老話「由儉入奢易，由奢入儉難」，對於快將沒有「即用即棄」方便的日子，我們還得好好下定決心，改掉過往的一些陋習了！

「分享」

近年「分享」一詞真可說得上給人享用得淋漓盡致，個人經驗固然可以分享，食物也可以大家分享，一些開心的或是好人好事更應與人分享，但有些慘痛的、令人不堪回首的事情，又是否要跟人「分享」呢？

我最記得數年前國內汶川地震，電視台製作特輯邀得賑災人員出席，請他們「分享」一下搶救生還者時所見所聞，我見到受訪者顯露出有點不以為然的表情！相信他們心目中會想，這是一件繼一九七六年唐山大地震之後另一場大災難，滿目瘡痍，死傷無數，憶述拯救時的苦況是可以的，但把這些慘事與人「分享」就未免太對死難者不敬了！

這類事情當然不會是個別例子，而是經常會在電視屏幕出現，在一些娛樂資訊節目中，當聽到某些權充記者的藝員問受害死者親屬，請他們「分享」一下有何感受時，你就會無名火起，試問除了傷心難過，或是極度傷心難過之外，他們還會有什麼感受？而這些感受，又有何值得「分享」之處？

這種問題，無疑是在受害者家屬的傷口灑鹽！有時我真佩服這些家屬親人，仍然有此耐性和涵養作回應。如果將心比己，設身處地，相信記者也不會再問此等答案已可預見的問題了。

其實「分享」一詞並非一個表情達意的「百搭」之選，不是任何東西都可以拿來分享的，而這也間接表示我們的用詞貧乏，甚至經常出現詞不達意之弊，不提「分享」，還是有很多詞語可派用場的。

「唔知你講乜」

學生舉行畢業聚餐，宴上副校長上台講話，完結前宣布將於新學年出掌另一所學校，如無意外大家會是他教學人生中最後一批學生，說時不免帶有一絲感喟。言罷把咪交予學生司儀，這名學生接過後竟說「多謝副校長，其實我不知道你說什麼」，惹來台下一片哄笑，副校長雅量，稍作微笑然後步下台階。我看在眼裡，實在好生難過。

這名學生真的是聽不明白副校長的說話嗎？這席晚宴，難得師生共聚，以後再會難期，副校長只希望藉此機會向同學告別，用意至明，而那學生司儀的回應，可能是無心快語，但已造成一定的傷害：他也許想令場面輕鬆一些，以為要學電視台娛樂節目的司儀「搞笑」一下才算稱職，但卻適得其反。

「唔知你講乜」這種心態，近年似乎在部分年青人中間頗見流傳，意思是「你的話不好理解，我不明並非我能力不夠，而是你表達有問題」。這既能掩飾自己聆聽理解之不足，同時可以諉過於人，可是這種態度其實並不要得，情況就如當我們對某些事物不認識，便說「我不曾聽過」以作自我寬解同出一轍，其實倒要反思一下：你不曾聽過並不代表沒有這件事物，而是反省自己見識淺陋才是應有的態度。這種以「我」為準的心態，一切以自己為中心，實在值得好好檢討。

愈來愈覺得謙遜這種美德很重要，雖然過分謙虛會給人虛偽之感，但總好過自以為是，以我為準這種抱殘守缺的心態。過去我們常說求學要虛心，學問學問，當先知己之不足再向別人請益，可惜不少人倒行逆施，以「唔知你講乜」去掩飾自己的無知，他日惡果種成，恐怕悔之已晚了。

錯別字

日常生活中我們不時會遇到一些錯字或別字，所謂「錯字」，是指筆劃錯誤，如多一點，少一劃，簡單地說就是寫錯字；至於「別字」，則是字本身的筆劃沒有錯，但卻因不同原因而誤寫作其他的字。

造成這種錯誤，過去是因為古代可用文字不多，古人不時會用相近字去取代所表達的字，（當然也有真是筆誤的）例如《左傳．燭之武退秦師》中「秦伯說，與鄭人盟」，一般人或會認為此「說」是說話的意思，其實這裡應是作「悅」字解，但今天如果我們把「悅」寫作「說」，那麼肯定要給老師用紅筆圈上作改正了。

出現錯別字的原因很多，其中可以簡單歸納為形近、音近、義近三方面。

形近方面，例如「馳騁」的「騁」，與「聘請」的「聘」字形體上相近，故不少同學會把兩字混淆；音近方面，「克服」的「克」字，與「時刻」的「刻」音近，有些人會因此把兩字誤用；至於義近，例如「花盆」和「花盤」，兩個都是器皿，但「盆」與「盤」意義上是有分別的，不能混作一談。

用詞準確，不會令人對你的文字產生誤解，這是寫作的最基本要求，相反別字連篇，教人莫名其妙，摸不著頭腦，這是一種「語文謀殺」。

中國語文（從狹義看）是一種極富內涵、文詞優美的文字表達載體，身為中國人，我們需要好好把握使用。

說「喇」與「都」

常在「城市論壇」一類公開場合聽到年青人的發言，他們幾無例外地都會以「大家好喇」來作開場白，繼而自我介紹「我叫（人名）喇」，最後才進入話題。這些說話，初聽似乎並無不妥，但聽多了總感到有點怪怪的，問題就是出現在每句裡的「喇」字。

日常說話中我們不時會用「喇」這個助語詞，有時無特別意思，但它也可以表達「尋求認同」或「勉強算了」之意。

例如「我們一齊玩喇」中的「喇」是有求取同意的作用；而「好喇，就讓你玩一會才做功課吧」內的「喇」字卻是「本來不情願，但也由他吧」之意。可是當我們回看「大家好喇」這句話，「喇」是會令人誤解作你是不大情願問候大家，同時也有點不大肯定之意，如不肯定也不情願，倒不如不說好了。至於「我叫（人名）

喇」這一句，其實又會讓人覺得你連自己的名字也不敢肯定，教我如何有信心聽你說下去？既然如此，乾脆把它刪掉，話也俐落多了。

「都」也是常教人誤會的一個字，在日常口語中，這個字跟「也」的意思相同，例如「我都去」，意即「我也去」。但在書面語中，「都」卻是全部的意思，例如「整月結帳餘款，都三萬元」，意即總數三萬，因此在使用時需要加以留意。但有一個現象也是常出於年青人口中的，就是口語中「都」字的濫用，例如「現在都請主席為我們頒獎」一句，這裡的「都」是「也」的意思，用口語解釋是帶有「順便」之意，但在一個頒獎典禮上邀請嘉賓頒獎，不是「專誠」而是「順便」，這就有點失禮了。

「言為心聲」，為免令人誤解，我們還是多加小心，不要人云亦云才好。

下卷•長篇

過眼難忘——舊時香港

半生人我佔了大部分的時間在九龍生活，但說到最令我懷想不已的，卻是童年時居於港島西區的光景歲月。

無論是劉紹銘、也斯的舊時香港，或是小思筆下的灣仔街頭，甚至是丘世文在城市筆記中所留下的種種少年回憶，基本上已將五六十年代的香港面貌在不同角度展現出來，而且都頗觸動我們這一群哀樂中年的心扉，大家對香港的記憶印象，竟是如此相近，而一切雖然遠矣，卻能在日常繁忙生活中，讓我們悠悠想起，令日漸枯澀的心靈稍得安慰。

七歲以前，我的香港地界只局限於港島西營盤一帶，以居所第二街六號三樓為中心點，左至皇后大道西聖類斯小學，右為醫院道育才書社，北達高街精神病院和英皇佐治五世紀念公園，南最遠到德輔道西南北行和海味店集中地，當時只覺天地之大，如今故地重臨，但感這不過是一蹤即至的方寸之地，惟其中留給我的，都是過眼難忘的段段回憶。其實這不僅是我的香港，更是我的世界。

讓時光倒回六十年代：夏日炎炎，午後睡個懶覺，半睡半醒間聽到祖父收音機傳來的潮劇選唱，街頭上門替人家磨刀磨鉸剪的師傅宏亮聲音由遠而近，知道是時候起床了，便向坐在床前背著我正勤做手工的母親打個招呼，如果剛領到穿塑膠花的工資，她會給我一毫子——我的口袋從來都只是在零和一之間徘徊，便手握這枚硬幣到樓下買零食去。家居下面的地鋪是中藥店，一毫子可買兩小包山楂餅或一小包白提子乾，如果見到推車仔麵的中年漢經過，我便會轉而光顧他一毫子麵，他人很公道，不會因為我是「小生意」而有所輕慢，總按來者先後次序處理，有時更給我添一兩片豬皮或牛雜碎末。

滿足肚子欲望後，遇上母親到市場買菜，便可隨她到正街街市，那裡有一個小遊樂場，一些基本玩樂設施如韆鞦、滑梯、搖搖板等俱不缺乏，但最吸引我的卻是高高放在鐵架上的電視機——當時政府提供予市民的免費娛樂。無論什麼時候，總有一大群人聚在一起欣賞「麗的呼聲」的精彩節目：「蜜蜂王子」、「小小樂園」、「Q太郎」等都是至今仍令我魂牽夢縈的片集，就是一個小童到半島酒店喝「綠寶橙汁」的電視廣告，都教人百看不厭。假如不是母親再三催促歸去，我是會待到夜晚仍不願回家的。

晚飯過後，待兄長完成功課，便會由他們將日來做好的塑膠手作送交工廠，我年紀小，力氣不夠，其實並不能幫上忙，但這時我多可以跟他們一起前往，可以外出總是高興的。貨物交妥，如果時間尚早，我們便順道往英皇佐治五世紀念公園逛逛，兄長多到球場踢足球，而我仍是雙眼盯著公眾電視，縱然晚上的節目對我而言並不太可觀，那些多是外國配音劇集，很多時不明其所以，但中間所播映的廣告卻很能吸引我。

佐治五世公園位置貼近高街精神病院，雖是近在咫尺，但我們從不曾因好奇想過去看一下：我就讀的幼稚園位在高街，每天往返總會得見這座建築物，但它給我的印象只是較為殘舊，並無一般人所言的神秘恐怖感覺。

日間無聊，我會猷在樓下中藥店門前看路人經過，對面街雜貨士多少東有時會戴上新購進的各款不同面具來逗我，但我最愛看的是橫巷打鐵鋪的老闆要騎摩托車外出，只見他腳板一踏，「小綿羊」便沿著第二街直奔醫院道，人跟車在眼底漸次縮小，很快就在我眼中隱沒。我一直有個小疑問，就是那個隱沒位置我所見不到的地方，究竟是怎個樣子？那許是一個遙遠的國度，童年世界，步只此矣。

因家境關係，長兄小學還未畢業便要外出工作謀生，在荃灣一間鋼具廠當學徒。由於交通不便，一個月只回家兩次，每次回來，他總會帶我到德輔道西大馬路喝涼茶，涼茶店旁有一間「茂昌眼鏡」，掛出路邊廣告燈箱上的一副眼鏡，中有一雙會轉動的眼睛，很能招客。

涼茶喝後，兄長又會帶我沿東邊街斜路上去租看連環圖，一毫子可以看兩三套。漫畫書又是另一個世界，雖然我識字很少，但從畫中內容倒把故事猜得準確。我看得快，便要兄長給我租其他的看，他沒有辦法，便帶我到一些沒有照明的舊樓碰碰運氣，有時幸運的會在樓梯轉角拾到一、兩毫子，於是又可以到書檔繼續租看。

大馬路的記憶不僅如此，由於父親較疼我，有時他上中班便帶我一人到大馬路附近的「潮州巷」吃午飯，「沙爹牛肉炒河粉」是潮州巷馳名遠近的美食，父子兩人很快便把一大盤河粉吃清光了。肚腹的滿足，雖然是瞬間中事，但留在心中的溫暖，卻是歷久不衰。用膳過後父親要趕上班，有一回臨走前他給我一枚簇新的一毫子硬幣，在陽光映照下金光閃閃，令我誤以為它的價值遠超於其面值，我清楚記得當時並不捨得花用，雖然最後都遺失了，但事隔四十年，這枚輔幣仍長在我心。

我七歲前所知所見的香港大抵就是這樣。西營盤畢竟是舊區份，在這裡歲月就像壞了發條的時鐘般凝止不動，街上的店鋪還是糧油雜貨、蔘茸海味、鹹水草批發、玻璃鏡業……。外間的發展變化不斷，但對東邊街一帶沒有什麼大影響，無論由第二街轉上到英皇佐治五世紀念公園，或是直往醫院道育才書社，今天留在腦海的，還是沿路上一棵棵碩壯的榕樹，氣根低垂，樹影婆娑，陽光從中穿插透出，站在樹下，暑天也教人渾身涼透。

可惜時鐘的發條十多年前又再啟動，近年城市重新規劃，這舊社區也不能倖免，第二街的舊樓幾全清拆迨盡，街市小遊樂場也消隱在一幢幢新式建築中，更遑論那些小本經營的商鋪了。能夠讓我重投回憶懷抱的，最後只剩得東邊街贊育醫院一帶的風景。

回憶總是美好，自從搬往九龍居住以後，可能上學生活緊張，日子就像影碟快速搜畫般飛快閃過，可堪憶記的事雖然不乏，但總缺少了那一種悠閒舒徐之感。居住西營盤的七年，翻揭家庭相簿，發現我原來沒有留下半幀照相，因此，一切記憶都只能從心中出發。

一九九四年十月香港藝術中心舉辦一項「香港：六十年代」專題回顧展，喜懷舊的我自然不會錯過。會場所展示的各種圖片實物，都能勾起我們這些成長於六七十年代的人兒時回憶，然最吸引我者，是小放映室所播出之政府宣傳片「今日香港」，內裡每個鏡頭都在在反映了六十年代香港的不同面貌，而那幾分鐘的短片，最觸動我心弦的，是其中有近十秒的光影，竟是正街小遊樂場人群圍觀電視的片段！

我不敢肯定圍攏在電視機下的街童中有沒有自己在內，但這一刻，一種莫名的感動油然而生，視線漸覺模糊，不知何時淚水已沾濕了眼鏡鏡片。小小的電視屏幕底下，滿載著我童年的縮影，其實畫面上的人是不是自己已不再重要，因為那是我在西營盤生活經歷的實據！

人年逾不惑，本應對世情各事看得沖淡，唯是對自己的童年生活，我心中的舊時香港，總是有一種戀戀不捨之感，那是出於什麼心理，無從得知也無由探究。

香港，心所繫之，就是這一點情懷感事。

集體回憶中的個人記憶

十年前香港回歸時，城中興起一股懷舊熱潮，今日回歸十年，幾許舊事重提，加上天星鐘樓、皇后碼頭的拆卸事件，一一勾起不少港人的集體回憶。在我而言，天星鐘樓不曾是邂逅佳人之地，皇后碼頭更非是約會女友之處，這都只是擦肩而過的建築，實談不上有何切身感受。倒是幼時家住港島西營盤的一段日子經歷，相信會是一些朋友也曾一起走過……

六十年代出生的人，屬戰後的新生一代，其中不少都從艱辛的環境中成長過來，我也毫不例外，物質缺乏似是必然的事，只能在精神上尋求得一點慰藉。童年陪伴著我的是一本本天馬行空，充滿童幻的連環圖。當年我所居住的西營盤第二街，和東邊街、正街分別有幾個出租連環圖的小攤檔，一毫子便可租兩套（一套多分為上下集）來慢慢欣賞，這足以消磨一個下午了，當然總要待兄長休假帶我上街才有的事。記憶中小學的日子，口袋難得有個零錢，就是有也是早安排好作指定用途——學校募捐去也！

租書檔手板掌大小的連環圖今天已難得一見，就是當時也非一般人所能買得起，故此才有人把握機會出租圖利。當然那時還有其他的兒童讀物，例如《兒童樂園》和《小朋友》等，然而售價也不廉宜：每冊六毫，一般報章不過是一兩毫而已。

所以新出版的是看不到的了，還是兄長有辦法，每隔一段日子便弄來一些《兒童樂園》和《小朋友》，前者以「小圓圓」為台柱，後者則以「小強的故事」領軍，小強雖好，但總敵不過小圓圓一家的過人魅力——看見小胖家中擁有的現代化設備：電視機、雪櫃、洗衣機等，心中好生羨慕，試問有誰願意冒著給人家驅趕，還巴巴的呆在別人門閘前看著電視不忍離去？盛暑放學回來，飲料只是一杯還冒熱氣的開水，而非從雪櫃取出的綠寶橙汁？教人喪氣的事自還多著，相信不少同齡人也有同樣感受。

那時候塑膠工業大興，很多工廠都會批出一些貨物給人加工，穿製塑膠花、剪「水口」等手作，都是一般基層家庭的生活幫補，也是全家日常集體活動。未入學唸書前我已懂得十二個為一打，六打半籮，十二打為一籮的基本數量單位了。每次母親從工廠捧回來的加工貨物，幾兄弟都有一致的希望：千萬不要是那些要穿上百顆一大串塑膠葡萄，這些貨品件價雖高，但難度卻加倍計，因為很容易算不準數目給工廠退回便白費心機了。工作完成，幾兄弟把製作好的貨物交回工廠，雖然工廠近在咫尺，但我們總會利用外出機會把正街、第一街、第三街一一逛過才到工廠交貨。工廠工友有時會跟我們瞎扯一會，甚至送我們一些糖果、汽水餅之類東西。

有一次幾兄弟每人分得一片汽水餅，各人當場把它吃了，但我覺得既是汽水餅，自然應該放進水中才是名正言順，結果不言而喻，直如泥牛入海，無影無蹤。這些蠢事不一而足，例如把半瓶汽水用開水加至一瓶；冰棒放在水杯中待它融化再加水飲等。其實這一切全皆出於貪多之過，如今回想，不無一絲苦澀之感。

貨交卸了，有時會有一兩天閒下來，那些日子可樂了，家附近的「花園仔」（即英皇佐治五世公園）是兄弟玩樂的好去處，那時候電視並不普及，政府便在公園設置電視供市民欣賞，一些節目如「大戰天魔」、「蜜蜂王子」、「Q太郎」、「小小樂園」等，都很可觀，至於每天播出兩齣的「粵語長片」，由於片長關係，鮮可看到結局，每次都得帶著很多疑團或未解之謎回家。

自己實在太喜歡看電視了，有一次母親煮飯時醬油剛好用完，叫我去買一瓶回來，我手握零錢，雙腳卻非往雜貨店走，而是跑到花園仔看我心愛的電視節目，看的時候全神貫注，心中很為「蜜蜂王子」的遭遇寄予無限同情。

節目結束，人群漸散，才猛然醒覺任務未完，慌忙跑回家中，卻不慎給鐵線刺穿腳板，一摸之下鮮血淋漓，隨手取來一張報紙墊在腳下，仍不忘到雜貨店購買醬油，伙計嚇唬母親曾下來找我，心中更慌作一團。回家藤條侍候自不待言，渾然忘了腳板創痕甚深。兄弟間我是較少受「刑杖」處分的，故此事至今仍不時給兄長拿來笑話。

童年舊事，若一一說來，可是幾頁稿紙所能載滿?當中甘苦，今天看來都已昇華為一種成長印記。因此我們不用詫異早期《號外》丘世文的懷舊文字，竟令一群哀樂中年久久不能釋懷，下一個十年，你又會去尋找哪一點記憶?

城寨生活點滴

一九七二年，我才七歲，懵懵懂懂的跟隨父母首次乘坐汽車渡輪，由港島搬到九龍居住，告別七年寄人籬下的日子。

初到九龍，一切是那麼陌生而新鮮，相比起港島所住的戰前三層高的樓房，現居之處可說是優勝得多。可能是曾經過兄長走失的教訓，自小母親便要我緊記背誦居處住址：從前是「香港西營盤第二街六號三樓」，現在則需改記「九龍城東頭村道三十一號C後座六樓」，稍後又遷往附近的「九龍城龍城路三十二號前座十樓」，愈住愈高，也練就了到今天上樓梯仍健步如飛的本領，而我的少年時代，也是在此度過。

無論是東頭村道或龍城路，其實都離不開「九龍城寨」的範圍，只不過是外圍與內部的分別而已。人家說九龍城寨是一個三教九流，龍蛇混雜之地，外間人士對之總會投以奇異目光，當時年紀小，對此實在不甚了了。其實在我遷入城寨之時，所謂的「黃、賭、毒」基本已不多見，有的都僅是零星的活動。真要說的只是入住初期，一天放學回家，就在西城路口，見到幾個穿著唐裝的中年大漢，在圍毆一個衣著斯文的年青人，而所謂「圍毆」，都是你一拳，我一腳，相對地較「文明」的，情況就如粵語片中謝賢（或呂奇）遭到林沃、馮敬文、林魯岳等「惡人」欺負一樣，不似今天，多少總要血灑街頭才能完事。至於其他犯法勾當，真的所見不多。

不久父親向朋友借得一筆錢，再加上平日慳省下來的，經朋友介紹，可以購進在龍城路一個大約五百尺實用面積的單位，單位向東北，有一個私建的露台，面向東正道可以直望黃大仙摩士公園，景觀開揚，相比起那些低層面向樓景，暗無天日的居所，我們所住在城寨中也稱得上是優質住宅了。

數不清多少個考試溫習的日子，我都是坐在藤椅上，溫習倦了，眺望前面一片蒼綠，藉以稍舒疲困。但住在這裡的代價是要每天走上十多樓層，因為由地下到一樓，其實相距足有兩層之多，而這幢樓宇連天台最高是十三樓！

未曾在城寨生活過的人，很難想像沒有升降機代步是怎個滋味，但更大的問題是食水供應，城寨中人要像人家隨時有自來水使用簡直是空想，故各幢樓宇都備有儲水池，每天定時供水，因此居民總要在指定時間回家等候，過時自誤。遇有供水故障，便是城寨居民噩夢的開始，這時各戶要全家出動，把家中可以盛水的器皿取出，到街口公眾水龍喉輪候。父親力氣夠，一次可抽起兩大桶，我也不弱，雖然只及父親的一半。

住得高還有一個壞處，就是當有親友到訪，你便得到樓下開鐵閘迎接，農曆新年更是高峰期，每天上落十回八回實等閒事。中學時一些同學喜相約到各人家中探訪，我家地址不好找，故多約定他們在樂富地鐵站或聯合道口的百佳超級市場集合，引領回家那段路不能算短了，他們以為行程已到終點，但當到我家樓下，才知道沒有升降機而要徒步攀上十樓時，他們喪氣的樣子至今仍活現眼前。

龍城路是城寨後期尚有一些妓寨經營的地方，我家二樓就有一戶，長時間有一個婦人坐在樓下招客，偶然有陌生男人拾級而上，她便像通心意的緊隨其後，代為叩門便繼續坐回原處。此外還有一些個體經營的，都上了年紀，路口有一個，路中段有一個。每天放學回家，總見到她們倚在門前。她們衣著樸素，並非想像般濃裝艷抹，每天就是在門口守候，也不會與人招搭。有一次路中段那名妓女拉著一個男人，但被那人用力甩開了，這時我剛好經過看到，她望著我，眼中流露出一抹凄涼。

城寨裡有不少山寨式工廠，有製衣的、製玩具的，有一段日子母親從這些工廠領來貨物加工，以幫補家計，為我們在學習以外加添不少有益的「課外活動」。

此外還有食品工場，由於欠缺監管，衛生條件甚差，而製作時所發出的異味，其中尤以製魚蛋所遺棄的魚骨和內臟，放在巷口竟日無人處理，經過時簡直中人欲嘔，也引來蚊蟲無數，不過眼不見為乾淨，其實不少茶樓食肆的美味食品，都是來自這裡的。

八十年代初中英雙方就香港前途展開談判，城寨的歷史問題又重新提起，當時不少人都會以探奇心態進來看看，可是他們所看到的，只是密密麻麻的樓房和電線到處披搭，垃圾亂堆的情況，還有就是一些山寨式工廠。後期在城寨出入，為保險計帶備雨傘是聰明之舉，雨天固然用得著，晴天則由於不少外露的水渠滲水，如花灑般瀉下，你便知道雨傘的可愛處了。路面長期是濕漉漉的，所以就算只到樓下買東西也得穿鞋子。由於環境愈來愈惡劣，我們舉家在一九八五年遷往土瓜灣，其實廣義來說，土瓜灣仍屬九龍城的範圍呢！

就在遷居後不久，政府便公布遷拆九龍城寨，稍後亦具體作出賠償安排，鄰居紛紛為我們感到不值，因為以當時的賠償計，我家人口多，分戶所得相當可觀。但時也命也，父親常說凡事總有定數，不由人。

十年人事，城寨亦於九十年代全部拆卸。現在乘車經過東頭村道，一邊的美東村三十年如一日，還像初落成的模樣，另一面則已然樹影婆娑，改建成充滿嶺南園林風情的「九龍寨城公園」了。有時帶女兒到公園遊玩，總不忘跟她說起種種在城寨的經歷，她似懂非懂的，像在聽一個已漸為人所遺忘的外星故事。

近年人們常掛口邊的集體回憶，我想九龍城寨的點點滴滴，應該在我們一切總留不住的生活中間記下一筆。

颱風憶往

小島今年的熱帶氣旋警告來得特別遲，要到八月上旬帕布先生以熱帶風暴這較低檔次的級別訪港，才稍解持續近月的酷暑。學生時代，每屆五月風季，總有三兩回風球懸掛，其中或有一、兩次發出烈風訊號，遇上學期考試更是我們這類「平日不燒香」的學生續命靈丹——可多點時間預備考試去。

香港戰後發出過的十號颶風訊號次數不多，溫黛小姐大發雌威時我尚未出世；露絲小姐以雷霆之力橫掃香港我還是無知小兒；得到七九年荷貝先生由香港以東正面吹襲才真正感受到那種懾人心魄，地撼山搖的恐怖。當然不能不提的是一九八三年九月初的愛倫小姐吹襲，當年美孚新村近海的樓房因風暴潮遭海水淹浸達二三樓之高。

事實得感謝自己保留多年的日記：當年我已有寫的日記的習慣，裡面清楚記下當日愛倫襲港的情況，更附同自製手繪的颱風移動路徑圖。也由當時起，小房間內貼著一幅從報紙剪下，附有經緯度的香港周邊八百里地圖，每有熱帶氣旋警告，我便按經緯度去預測其風向路線，翌日要否上學這等天大事情往往便從中得知。

雖云風向如女兒家般心事難測，但經自己較「科學」的研究，測中的機會總不少。因此當弟弟聽著電台報告正懸掛三號風球，卻在旁像人家賽馬般喊著「八號、八號」而不願入睡時，我已好生沒趣地面對現實，執拾翌日上課用書然後上床去了。

六、七十年代的社會環境跟今天實不能同日而語，當時每當颱風襲港，漁民紛紛趕回避風塘，陸上居住木屋區的貧苦大眾更是苦不堪言，外出工作人士匆匆返家，家庭主婦趕忙上街市搶購食物，維持飯餐不輟是主婦偉大的天職，無論想盡任何方法也不可令致斷炊。

回憶粵語片中住在木屋天台的張活游或吳楚帆一家，每遭到風暴來襲時那種淒涼境況，用來體現在一般基層市民身上雖不中也不遠了。現在的情況似乎更多是由於不用上學上班，大家會視之為多得來的假期，在石屎森林的保護下四出活動，故戲院和其他的娛樂消費場所，他們的生意比平日沒打風的日子更興旺，更忙碌，只因社會環境轉變了，生活條件相比昔日優裕。但這麼多年來，我從未嘗利用這種「假期」外出活動，一來不想家人擔心，二來總覺得要珍惜家人難得在一起的日子。

童年時代，父親和兄長終日為口奔馳，早出晚歸，有一天假期也未必能放於同一日。年三十晚的團年飯，往往要待到午夜才開始，就是因為要等齊各人下班之故。一家團聚在當時其實是頗為奢侈的想望。惟是颱風襲港，交通工具全部停駛，一家七口共處於三百尺斗室之內，窗外狂風怒號，室內卻是難得的家庭樂：父親平日難得下廚，也擠進廚房張羅，大哥職業廚師，所烹調的美食只有付得起錢的客人才可享用，今天他盡顯看家本領，把早一晚剩下的飯菜重新賦予生命，吃得我們個個碗底朝天。

打風日子人家一般會多買一點菜作預備，但我們過的是僅堪糊口的緊日子，剩下的菜吃完便得把擱在高處的罐頭取下，人們俗稱的「捱罐頭」，在我心中卻大不以為然：午餐肉不是很可口嗎？薄薄的一片便可送下一大碗飯了；罐頭墨魚雖只有三數件，我們總會讓給弟弟享用，但滷汁淘飯也是很滋味的；當然還有那經典的豆豉鯪魚，魚身炸得滿脆，連魚骨也可吞下肚裡，而那些豆豉則可留起用來蒸豬肉，一點也不會浪費。

用過飯後，父親會放一張潮劇唱片，聽那「白兔會」中苦命人如泣如訴的悲慘遭遇；接著是「三哭殿」，小秦英怎樣得罪權貴，仍然正氣凜然立於人前。我雖然對之不甚了了，但聽那「伊啞啞」拉腔長調，再看唱片封套的劇照，也滿有意趣，直到今日，「三哭殿」也是我這個「本土」潮州人唯一會唱一段的曲目。

至於兄長則會下一盤棋互相較量，父親看得技癢也會來湊興一下；我和弟弟各自取出收集多時的「公仔紙」重新檢索，看誰的較珍貴、較齊全。這時候也是連環圖得以重見天日的日子，我跟兄長把藏起的「小流氓」和「李小龍」全數取出，按期數排列，把精彩絕倫的故事重溫，父親這時是不會太加干涉的。母親呢？她從來就只求一家人健康幸福，光只看這情景便滿足了。

這些日子今天回看，就成了日記中的點點回憶，隨著兄弟們各組家庭，一一遷出老家，當年情景已不復見。現在打風的時候就是母親一一致電各人，叮囑我們不要外出。她很聰明，不會撥打我們的手機號碼，而是直接打到家中，難得是兄長多仍乖乖留在家接聽電話，免令母親牽掛。

香港電台編導麥繼安曾在《新報》專欄寫過一篇〈颱風季〉，他筆下所寫的同樣是對颱風下的家庭生活的美好懷念，當時我為此深受感動，他在文中結尾是這樣寫的：「我不會為此情不再而感難過，但我可以告訴你，這是我第一篇未曾寫畢便已流淚的文章。」

他當時的心情，今天我感受更深。

愛貓者言

近日從報章上讀到不少殘虐貓狗的報道，愛貓如我輩者無不感到氣上心頭，對勢弱無助的小動物橫施毒手其實是懦夫所為，令人齒冷。最近政府修例，加重對施虐者的刑處，以期收阻嚇作用，效果如何，雖暫未可見，惟亦見當局從善如流，未致於聽而不聞。

從前人家蓄養貓狗，大多是看門或治鼠之用，並未奉以「寵物」禮待，牠們能否得到主人看顧，就得視乎履行職務是否盡責徹底，反之若好吃懶做，則動輒施以杖棍驅趕。畢竟，在那人且未足食年代，又怎能有閒糧餵飼畜牲？

少年時我家住九龍城寨，樓宇建築密密麻麻，暗無天日，城內偷電情況嚴重，接駁電線左披右搭，造就成老鼠肆意縱橫的好條件，誰家不幸得其到訪，早發現尚可，遲者則此等非法移民，長駐家中安居樂業，儼然成為家中另一股勢力，終日竄擾不休，弄致家無安寧，無計可施之下就只得物色貓兒助臂，以消鼠患。

我家就是其中不幸遭惡鼠光顧的受害者。母親一次在街市見到一隻小貓，四蹄踏雪，尾巴豎起，頗有大將之風，便以一包咖啡糖代價，從街市小童手中捧回家來。歷來相傳，治鼠的貓不捕鼠，此言實非虛話，果然小貓一到，群鼠聞風先遁，走得無影無蹤。猶記得我親眼看見最後逃離那一隻老鼠，爬在天線上回過頭來，眼中似有悻然之色。

小貓平日無鼠可捕，只能退而求次找蟑螂、壁虎作狩獵對象，舊樓內這些小動物自多的是，小貓不愁無消遣之途。我平素最怕蟑螂，牠來了之後，家中的蟑螂幾被牠殲滅殆盡，我由心底對牠越發鍾愛。亦由此故，為追捕獵物而弄翻家中器具在所難免，父母為此自會施以「薄懲」，尚幸每次多為我所阻。

一次半夜被一陣巨大聲響驚醒，走出大廳，看見裝滿藥酒的玻璃瓶給撞倒地上，按例小貓應早就躲得老遠，但這回牠不但沒有棄罪潛逃，反而理直氣壯，雙爪還在撥弄一條大壁虎，似在向我們表示牠是在執行公務，有功無過，家人見罷為之氣結，但見牠如此懂性，也不忍加以責難，只好把滿地碎片收拾清理，可憐那一瓶陳年藥酒就此報銷。

貓兒貪暖畏寒，平日最愛伏在電視機上，本來你有你取暖，我們盡視聽之娛，兩不相干，惟是牠的尾巴不老實，總愛垂落熒光屏前擺擺蕩蕩，擾亂我們欣賞節目。合該一次尾巴擺動幅度太大，自己失去平衡從電視機上跌下來，從此便不敢爬上電視機，轉移向坐在沙發上的家人打主意。家人飯後多圍坐品茗，閒話家常，牠便借意跳上父親懷中，蜷起身軀尋個好睡，父親心情好的時候也由牠，但有時不耐煩便會給趕下來，牠就會到我處，只有我是來者不拒，能讓牠睡得愜意。

貓兒有時無聊，也會走來逗你玩玩，像在你面前擺擺尾，我便會捉著牠尾巴，牠就順勢一翻，肚皮向天，這時我可以掃掃牠的肚子，這是貓家禁地，牠讓你觸碰是表示對你的信任，家中只有我賦這特權，其他人實難獲此優待。所謂有權利必有義務，有時我會撫摸牠的額頭、頸項，牠會舒服得瞇起雙眼，咪咪連聲，兄長總笑罵我沒出息，竟為畜牲按摩！我卻甘之如飴，其實子非魚，又焉知魚之樂？

日子漸久，貓兒步入中年，終日蹤來躍往的情狀已不復見，只是人貓感情並不因時間而有所沖淡。有一段日子家人常返內地，照顧貓兒飲食大任自然落在我身上，每天下班定必第一時間趕回家為牠做飯餐，甚至跟女友的約會都給忘了，當她知道自己的地位竟及不上貓的時候，每每醋意大發，進而質問我誰的地位孰重等一類男性最怕的難解問題。久而久之，兩人關係終因貓兒而鬧翻，說起來看似荒謬，但回心一想，人世間更令人啼笑皆非的又豈僅此而已？

由於長期的嬌縱，故此貓兒對飯餐頗為挑剔，每餐除要弄新鮮吃的之餘，還得為牠把魚肉去骨，如此問題便出現了：由於食物缺乏鈣質，我又不懂為牠補充營養，以為買最新鮮最好的魚給牠便已足夠，結果導致食物營養失衡致病。

初時家人以為牠年事已高，不以為意，直到有一天牠不肯進食，如何哄騙也無濟於事，這時大家才發覺事態嚴重，連忙帶牠往看獸醫，人說貓有九命，初時我只以為牠腸胃出了毛病，但醫生說牠體內酵素過高，加上腎臟出現毛病，情況並不樂觀，言畢即為牠注射針藥，怎料牠對藥物反應過烈，全身突然抽搐，整個身子僵硬如石，我頓時被嚇得呆了，原來死生真是可以如此接近！

醫生即時施以急救，不久貓兒蘇醒過來，醫生說為防萬一，最好讓牠留在診所觀察一晚，這時我已六神無主，便隨醫生建議。離開診所一刻，貓兒竭力地咪了一聲，算是跟我道別，我回頭一看，而這竟是我見牠的最後一眼。

當晚思潮起伏，徹夜難眠。翌日早上，心緒不寧，但工作總要繼續，就在埋頭辦公的時候，突然收到診所來電，說貓兒今晨已不治。我強抑悲痛，胡亂地堆砌一些理由向上司請假，直趕往診所，見到牠直挺挺地躺在籠中，雙眼直瞪，似在盼望著什麼，這時我整個人已然崩潰，癱瘓在地上嚎哭起來。

其時兄長亦已趕至，他的悲痛並不在我之下，但畢竟閱歷較多，處事也較理智，待了一會便順我要求領了貓兒遺體回去，父母親雖同樣疼錫貓兒，畢竟是老一輩的思想，絕不許我們帶牠回家，但是父親仍帶備金銀箔紙，在家樓下等候，並跟我們一起往公園後山把貓兒埋葬，葬前把箔紙鋪在牠身上，好讓牠能安然往生。

接下一段頗長日子，我的生活都在空白中度過，做什麼事都提不起勁，家人曾提議不如另養一頭，但我拒絕了，牠不是一件用品，而是一條不能取代的生命。

此後十年，每隔一段時間，我總會在夢中與牠相見，每次我總是緊張地為牠張羅飯餐，但又半清醒地知道牠應已不在世上，家中冰箱那有儲糧？牠的餐具不是跟牠一起埋掉了嗎？那種似實似虛的感覺，換來的是翌晨枕上盡濕，淚痕斑斑。我跟妻子相識是在貓兒離世之後，故此她並不知我對貓兒用情之深。她每問我，為怕惹她訕笑，只道是夢見一位故世的好友。

三年前女兒出世，當時妻過了預產期仍無動靜，醫生說如無進展便要人工催生。一晚我又在夢中見到貓兒，牠伏在洗手盆旁看我梳洗。事情未知是否這樣巧合，早上起來即見妻腹痛如絞，怕要臨盆，連忙送到醫院，不久便誕下小女兒。曾經跟母親提及此事，她說生產順利是得貓兒庇托，因我待牠好，牠來入夢是為了報恩。無論是真是假，我總希望這是真的，表示牠對我仍有眷念之情。

現在女兒已足三周歲，其間我對貓兒的思念未嘗淡卻，但三年來牠已不曾進入我夢，未知是否覺得任務已了，可以安心輪迴？曾癡想過女兒是否貓兒轉世，做我女兒以續未了之緣，但我一直不敢宣之於口，怕家人責我荒誕不經。不過無論怎樣，祝願牠來世不做貓狗，好好為人。

作弊

五年中學生涯，只是平平淡淡，波瀾不驚地度過，如果真要說起，大概就是以下一事，還堪一記。

我就讀的是一所以多分校著稱的私立中學，僅在美孚新村便有兩間，一間男校，另一間女校。中三那年，我因成績稍進之故被編入另一班同學尚肯知學的班別，班裡有一個綽號叫「貓王」的同學，年紀比其他人長，初時還以為他是美國著名歌星「貓王」皮禮士利的歌迷，卻原來他得名是出於作弊手法高明之故。他常自詡書不用唸，只要測考前留意老師提過的重點便行，而重點不用溫習，只要「抄襲」便可了。

原來如此！

學校為了讓學生升中四前都能遍識文理科目，故中三除中英數主科外，還要修讀中西史、地理、生物、化學、物理和聖經，這對於學習平平的我而言是很吃力的，故上學期考試成績並不理想，但又見「貓王」不用怎樣努力，便輕易取得合格成績——他不會爭取名列前茅，因為這樣會引來老師懷疑，故保持成績中等，保管安穩升級便成。而我呢？不是不努力，但總是付出的多，收穫的少，心中總有點忿忿！

很快到年終考試了，能否升上中四也看這次表現，我心裡是沒有什麼把握的，雖然已決定修讀文科，數理化大可放棄不理，但餘下的科目仍很有份量，短時間如何應付到呢？耳畔又隱約聽到貓王「書不用溫習，只要會抄襲」的輕佻說話，想著想著，人家只要稍出巧術，便不費吹灰，成績就有保證；自己晨昏顛倒，夜以繼日卻勞而少功，太不公平了！自忖只要小心行事，應該不會出意外吧？於是抱著大膽一試，就先在地理科考試動手！

我先把老師提過的長問答用紙條抄寫好，然後放在筆袋內，以備萬一。卷發下來了，粗略翻揭一遍，雖說已做好作弊準備，但事前總有溫習過的，很幸運，不少題目都滿熟悉的，於是揮筆疾書，寫呀寫的，渾然忘記了作弊這回事。還有十多分鐘考試便結束，我仍在努力作答。這時監考老師巡過我身邊，他隨意地拿起我筆袋，這時才意識到大事不妙，我沒有收起那未有用過的作弊紙條！

我沒有抬頭望他，雙眼仍舊瞪著試卷，似在思索著如何回答這道題目，時間像凝定般，他也停在我身旁，只待他開口，那我一切便完了。罷罷！怪誰呢？出師未捷，只好認命吧。

奇蹟地，老師竟放下筆袋移步走了，沒有留話，也沒有示意。

考試結束，收卷，敬禮，然後老師捧著試卷離開課室，同學像油鑊中爆開的笑口棗一樣，講個不停，只有我一個人落寞地執拾課本文具，雙眼惡狠狠地瞪著貓王，是他！不是他經常吹噓作弊是一門本少利大，回報極高的生意，我也不會受到潛移默化，走上這條歧路。

打開筆袋，作弊紙條已給老師取去！

踏上返家的路，只盼巴士龜速前行，平日歸心似箭的心情一去不返，因為不知道老師會否致電給父母，告知今日所發生的事。

家裡母親如常忙著做飯，父親則在觀看晚間電視新聞，一切跟平時一樣。吃過晚飯，整晚家中電話只響過三遍，都是父親的朋友來電，心頭大石稍為放下，但明天呢？

翌日回到學校，想像一切可能會發生的事情，其實前一晚已在擔心最糟的情況會怎樣？出奇地沒有校務處的傳票通知；考試期間監考老師對我也沒有刻意注視；考畢同樣也未見昨天那位監考老師來找我。這一天的心情就如驚濤駭浪中的小舟般，動盪不安。

日復一日，依然毫無動靜，直到整個考試結束。

這一所學校跟其他私校一樣，為節省開支，考試完結學生便不用回校，成績表和升留班結果都以郵寄方式通知家長。

暑假開始了，我沒有因為迎來悠長假期而暫時忘憂，相反前段暑假都在忐忑不安的心情下度過。

八月初成績表寄來了，我最關心的自然非升留班的結果莫屬，然後視線一移，看看地理科的成績有沒有特別狀況——不僅合格，而且更取得不俗成績！看來這位監考老師真是放我一馬，不作追究，心中暗存感激。

暑假結束，我順利升上中四修讀文科，故此要轉到吉利徑女校上課，而修讀理科的則留在百老匯街男校繼續學業。

離開就讀三年的男校，內心並無絲毫半點不捨，反而有一種走出幽谷，豁然開朗之感，最少不會遇上那位發現我試圖作弊的老師。

升上中四，功課比以前繁忙不在話下，但可能所讀較近我性情，雖苦成績也日見進步，而中三作弊一事也在忙碌的學習生活中漸漸淡忘了。

那時候我不時會想：為什麼那位老師事後並無任何行動，最低限度總要召我去警誡一番罷，整件事就像不曾發生過一樣，但也由於這一次的教訓，我日後就是學習遇到多大困難，也不敢再想往歪路去！

若干年後，我返母校兼職執教夜校，竟給我遇上那位老師！夜校的課堂緊密，教師只管上課下課，也沒有什麼所謂的「空堂」，同事間見面多僅點頭示意，但我每次都刻意跟他打個招呼，他禮貌上當然有所回應，但從眼中可見，他對這一名年青同事，並沒有絲毫印象。

母校雖然是一所私校，但亦頗重視員工的福利，除聖誕節每人都獲二百元的銀行禮券外，新春過後又有春茗聯歡，集合五所正分校和小學幼稚園的員工，筵開五十多席，賓主同歡。我們夜校同事不多，剛好坐滿一圍，我刻意坐在他身旁，席間跟他談起當年此事，他聽罷一臉茫然，說要不是我說起，他已全然忘記了。再問他當時何以沒有找我跟進，他的答覆實在令我後悔多此一問：

「那時候工作很忙，你又不是我所教的學生，加上我查看過紙條和你的答卷沒有多大相同，多一事不如少一事，也就當不曾發生好了，否則要通知訓導處，又要聯絡家長，一大輪工夫，而且當時我也未知會否繼續在這裡任教……」

千想萬想，我也想不到真相竟是這樣！我曾想過他不揭發我可能是想給我機會，免令我留下缺點，事實原來是他怕麻煩，怕多事要跟進！那一刻我不知道自己有沒有顯露出鄙夷之色，但過去埋在心裡對他的一點感激頓時一掃而空！

而這個人，卻在往後繼續當教師這份神聖工作。

不過無論如何總要多謝他，要不是他當年的查察令我有所悔悟，也許我已泥足深陷，成為「貓王」2.0 版了。

報紙因緣

未上學校前我已會「看」報紙了。

父親是金庸武俠小說迷，每天下班總帶《明報》回家，待父親看後，我便模仿他把報紙翻來揭去，覺得看報才像大人模樣，怎知道這一翻便翻了近四十年，更跟它結下了不解之緣。

小時候沒有什麼娛樂活動，除了踢足球外，看漫畫書、報紙成為生活的重要部分，前者不常有，但後者供應充足，每天就是取閱明報副刊王司馬的「契爺與牛仔」和其他小說插圖看個飽，也漸學懂看圖識字，這都是報紙的功勞。

其後，兄長相繼外出工作，家中的報紙已不限於《明報》，由於兄長是足球迷，故多購買報道體育較詳盡的《新報》，遇到「南精大戰」或「南愉大戰」等重頭球賽，《香港時報》、《工商日報》、《天天日報》都會在比賽翌日出現在我眼前，而賽後分析檢討、場邊花絮，也是我跟兄長朋友閒聊時不可或缺的話題。

當時的報紙出紙張數不多，除「華僑」、「星島」外，一般多是出紙兩三張，但麻雀雖小，五臟俱全，內容相當充實。除體育版外，港聞版、國際版、副刊版等，都是我每天必讀的版頁。也許日子有功吧，漸漸產生一種親切感，對報紙最熟悉的時候，你只需隨便讓我看到它某一頁的其中角落，我便可以正確無誤地指出它是哪一份報紙，因為每份報紙所用的字號和字型總有出入，加上套色深淺不一，都有助於我加以辨別。

從前生活條件低，報紙的用途廣泛，不說別的，就以家庭為例，很多人喜歡用它作墊物之用。歲末執拾居室，在抽屜或櫃子裡總會找到一些舊報紙，有時是一、兩年前，最久的是四、五年前，視乎清理的是哪一項目。這時候我便放下手上的工夫，專心重閱報紙上的段段舊聞，那種像故人重逢的喜悅感覺油然而生，很難解釋這是一種什麼心態，才十二、三歲年紀，怎樣也不能談得上「懷舊」吧？但就是有一種「遺少」滄桑之感。

以後日子，我除了會把這些經年舊報儲起來以外，就連每年元旦，除夕的報紙也一一收藏，算是有頭有尾吧。此外一些在我眼中的重要事，即小如美國宇宙足球隊訪港、大至中英簽署聯合聲明等報紙頭版，我全部兼收並蓄，現在舊居兩個載得滿滿報紙的紙皮箱，就是我過往二十多年來收藏的見證。

其實家人對我這種行為頗不以為然，因為報紙畢竟給人一種骯髒感覺，何況是舊報紙？可幸我處事較一般同齡人有條理，而且會得「收藏」，故每年年尾家中大掃除，這些報紙都能避過一劫。

但我對報紙舊聞的熱切追求並未到此為止，當知道大會堂圖書館有可供人借閱的舊報紙時，我心中的興奮感覺跟會考合格無分軒輊。我第一次填表借閱的報紙是一九六零年代的《華僑日報》，當我翻出自己出生那一天的報紙時，那種激動至今難忘，更令人「告慰」的是，由於報紙年月久遠，都已發黃變脆，我生日當天那份報紙頭版，部份已與母體分離，雖然只有四份之一版，但剛好完整地保存到華僑日報的版頭，並能清晰看到出版日期。我貪念頓生，把它悄悄收起帶回家裡。但這種行為實不可取，並不能以年少無知砌詞推卸過去。

八十年代中，我正為應付高考忙個不休，一天考試完畢，沿著喇沙利道經過界限街，就在中山圖書館後巷發現了一大堆為人棄置，已沾濕了的《香港時報》，這批報紙全是六十年代尾出版。也顧不了途人奇異的目光，便埋首報紙堆中，找出部分沒有濕透的，然後把書包中的課本筆記取出，騰出空位以收起這些報紙。回到家裡，連忙把報紙攤放在露台讓它吹乾。在整理其間，我才發覺這些報紙全部只有頭版，而我最愛讀的體育版並不在其中，但是我心裡還是很歡喜的。

一九八七年電影「胭脂扣」上映，當中有一場戲是主角到荷李活道尋找一些塘西舊聞，而他正好在一間懷舊店找到一份《骨子》——一份上世紀二、三十年代流行於省港澳，專門報道塘西風月的小報。就是戲中這驚鴻一瞥，從此我便踏上了荷李活道之路，更進而往訪摩囉街，展開了自己十多二十年的訪尋舊物之旅。

電影中那間舊物店我很容易便找到，當中舊物紛陳，真是目不暇給，除了我所鍾意的舊報外，還有各種各樣的懷舊收藏，但我一心一意就是瞄準舊報紙，那些報紙給店主隨意放在一旁，混雜在一些舊物堆中，我選了一份年份較早的《銀燈》交給店主問價，他看也不看便說一百元！那時我還是一個學生，怎消費得起呢？只好沮喪地把報紙放下。

也幸好沒有買上，離開那店後，我繼續沿荷李活道走，到了摩囉街。所謂摩囉街，其實不過是一條只讓人行走的小路，兩旁是一些古董鋪，也有一些合法領牌的小販檔口，另外路邊有一些人把雜物放在地上擺賣。當天是星期日，有很多地攤擺放，就在其中一處見到一疊舊報紙，都是六十年代「星島」「華僑」「工商」一類的大報，我問價錢多少，賣者回答一張五元，如果能付五十元便可全部要了。我粗略算了一算，這疊報紙少說也有三、四十張，便二話不說，取出五十元給賣者，然後捧著報紙心滿意足地回家去。

這批報紙都是當時的著名大報，每天出紙甚多，我首先把所有頭版放於一旁，然後按日期一一加以整理，結果竟給我集齊七份沒有缺頁的報紙！剩下的散頁我便把其中的要聞和電影廣告剪下來作資料整存。現在回想，如果不是第一次便有如此收獲的話，相信我以後未必會每逢周末或周日都到摩囉街一行。

平日的摩囉街行人較少，也較冷清，但周六周日則頗見熱鬧，而地攤小販也格外多，可惜我居住九龍，欠缺地利，往往要花較長時間才到該處，故此能夠給我遇上的舊物已多是人們揀過的。不過勤有功，有一回竟讓我碰到一次不可再有的機遇。

那是畢業考試前的一個周末，正在家中溫習得頭昏腦脹，不知何故心裡總是想著要往摩囉街一行。也顧不了《文心雕龍》和《詩品》，便乘坐101隧道巴士到上環去。可能剛新雨後，街上行人不多，一位老者蹲在路旁，面前擺放著一些舊書報畫刊，映入眼簾的是香港第一份全彩色印刷的《天天日報》，可惜部分已開了「天窗」，於是選取了幾份較完整，都是該報創刊初期的，又見到一些「南國」、「銀河」等娛樂畫報，也都要了，老者取價不高，每份才五元。正當我離開時，老者從旅行袋中取出一些舊報紙以填補空位，我不經意一看，發覺其中一份與我所慣見的舊報不同，同樣是《華僑日報》，但版面的排列和字號都頗特別，仔細一看出版日期，是一九四二年六月一日！這是日治時期出版的報紙，當時我對香港報業歷

史已有粗略認識，香港淪陷後，能繼續出版的報紙很少，華僑是其中之一。這時我身旁已有其他人駐足觀看，

機不可失，即取過來問價，老者說這是日治報紙，要八十元。由於剛與他交易過，故請他略減售價，他也爽快，結果六十元成交。給了六十元後，我的錢包已淘空了，但心裡卻很踏實，連同才買下的天天日報，覺得自己的收藏一日之間起了兩個突破！雖然失去了一個下午的溫習時間，但機會難再，怎樣計算也是值得的。

坐在過海隧道巴士上，忙不迭翻出那份《華僑日報》來看，怎知道不揭猶可，一揭開原來另有乾坤！我見到夾在《華僑日報》內還有幾份報紙，包括《循環日報》、《大光報晚刊》、《星島日報》、《大眾日報》。連同華僑在內，我用一份報紙價錢買了五份日治時期報紙！後來我查閱戰時香港歷史，才知道日本人為方便管理報業，便在一九四二年六月一日將當時的報紙合併，經過合併後，便只剩下

《華僑日報》、《香島日報》、《東亞晚報》等幾份。而我相信，雖然有五份報紙之多，但由於全部僅出紙一張，故看起來份量跟一份普通《華僑日報》並無大分別，那位老者自己也可能不知它的底蘊。我心想定是有心人當年刻意收藏，作為歷史見證。可是日換星移，不知何故竟會流落街頭，而我也有幸能夠遇上，要不，這些歷史文獻便可能與其他廢紙般遭到同一命運了。

另一次奇遇又是在街頭發生。當時我居處土瓜灣，一天早上行經金門戲院，路旁有一個殘舊行李箱，由於款式古雅，基於「職業性」的敏感，便上前打開一看，裡面除了三兩件舊衣外，便只有墊在箱內的舊報。我仔細一看，竟是一九四五年八月十五和十六日的《華僑晚報》！上面刊載著日本向盟軍宣布投降的文告，重要性不言而喻。

手持兩張報紙，雖然事隔多年，但我仍清楚記得雙手是微微抖顫的，它是實實在在的時代歷史見證！可惜的是這兩份報紙都只得半張，（一張報紙應有四版，它只得兩版）但這已是意外中的意外收獲，總不能太作苛求。又是經一事長一智，日後查閱一些歷史資料，才知道當時本港白報紙貨源不足，日本人便於一九四四年八月起，將所有報紙出版張數由一張減至半張，故此我所持的兩份《華僑晚報》還是完整的。

這些奇逢遭遇自不常有，我的收藏更多是在舊物店買來或與同好者交換而得的，在摩囉街走動的日子多了，結識了一些同道中人，彼此閒來交換集報心得，相關的知識增長不少。日子有功，今天我已集有近三百種本港出版的報紙了，當中最早是清光緒年間的《循環日報》，是在澳門「爛鬼樓街」購得的；也有一九一零年代的《中外新報》，二、三十年代的「華僑」、「工商」日、晚報和「華字」日、晚報等，然而更有趣的是一些早期的小報，《華星》、《探海燈》、《骨子》、

《石山》等，都是收藏家所鍾愛的報紙。此外還有一些在官方紀錄檔案不存而曾在本港報業出現過的報紙，可能都是曇花一現，有的更只出版一周便絕跡於市也非少見。

二十多年的集報生涯，至今我仍樂此不疲，亦曾利用這些資料寫過一點專題文章。我只覺得如果把這些歷史資料僅作賞玩的話，未免失去其價值。人生最快樂的事莫如興趣與工作結合，我雖然不是報紙從業員，但近半世人跟報紙論交，也由此結識了幾位同道好友，所有的得著實在不是任何物質所能衡量的。

創刊號與我

舊書刊收藏是我從小至今的嗜好，但著意蒐集「創刊號」卻是近三十年的事。所謂「創刊號」，顧名思義是指一份刊物創刊第一期，任何刊物，只要出版不是一次性的，不管是日刊、隔日刊、周刊、旬刊、雙周刊或半月刊、月刊、雙月刊、季刊甚至年刊，為資識別，都會在書上加上期號，而每一份刊物的第一期，正代表一個新開始，同時亦肩負著一個新使命待去完成體現，因此對一些喜愛蒐集書刊的人而言，最高興的莫如在浩瀚書海中找到一本創刊號了。

過去家中所藏雜誌刊物，偶然會夾雜了三兩本創刊號，因為數量不多，並沒有刻意將之與其他分開處理，直到一次到「新亞書店」（現改名「新亞圖書中心」）買書，見到角落有一大堆新收來的舊書報刊，隨意翻翻，竟給我發現有十多本創刊號：《中國人》、《東西風》、《明報月刊》、《觀察家》、《新聲》、《益智》……當時心裡的歡喜實難以言喻，這些雜誌大部分家中藏有，但就是缺了第一期，強抑內心的興奮，順便多取幾本書架上的「新潮叢書」交給店員，「新潮叢書」明碼實價，但雜誌並沒有標誌價錢，也許那大堆雜誌尚未有人問津，店員見我是熟人，就計每本一元，真的，我從未曾有過比這次更愉快的付款經驗。

有了這十多本的創刊號作基礎，我的蒐集又多了一個新方向。另一次較大的收穫是在旺角的「波文書局」，當時波文主要售賣舊書，兼及一些學報期刊。有一次書店來了一大批港版雜誌，其中最多的是八開《星島周報》、《明報周刊》、《風采》、《社會新聞報》和其他文藝刊物，每種都依期數一疊疊用繩紮好，不能散賣，而且每疊有兩三吋厚，粗略一數有十多二十本之多，動輒也要二三百元，於是退而求其次找一些每疊數量較少的來買，結果給我找到《百姓》、《南北極》、《香港文學》、《觀察》、《黃河文藝》等刊物。

回家拆開一看，當中竟有不少該雜誌的創刊號，心想機會難逢，連忙折返波文，這回學乖了，買前先看看每一疊是否有該書的第一期在內，可惜取到手上的大都闕如，只能找到一疊藏有創刊號的《新語》。

兩次的大手收穫，激起我積極搜尋創刊號的熱情，自此出入舊書店和定時到摩囉街、鴨寮街巡訪，就成為我周六日的主要活動。後來得友人指引，在旺角南華戲院附近有一專售錢鈔郵票商場，裡面部分店鋪也有兼售舊書刊的，於是假日我又多了一個新去處。商場所售的書刊大都是經店主精心挑選，並用膠套封好，本本有價，自難與一些地攤檔口所賣的相提並論，因此我除非特別鍾愛，否則也不會隨便購買。雖然如此，有時誤打誤撞也可撿到便宜。

一次跟一位相熟的店主閒聊，他表示剛收到一袋舊報紙，大概有二十多張，裡面全都是「文匯」、「大公」之類的左派報紙，可是品相殘舊，而且年代也不久遠，因此我實在提不起興趣，但他說只要我肯收下，價錢不是問題，我見盛情難卻，只好要了。

回到家裡，逐張報紙翻揭，看看有些什麼重要大事值得剪存，就在其中一張《文匯報》頭版上，看見印著「港字第一號」的字樣，不禁心頭一熱，原來這是《文匯報》在港復刊的第一天報紙！真想不到竟有此一得。回想之前我已買到一九四八年《文匯報》在港復刊的十月份報紙合訂本，腦海中便不時想著它的創刊號，現在竟然得來全不費工夫。雖然只有頭版，而且已裂開兩截，但總算能清楚看到報紙全樣。

其實一般報紙創刊，多會為出版第一號套紅誌慶，但這份「文匯」卻是單色印刷，如果稍為大意，實在難以看出。也許是這原故，店主便走了眼，讓我得到這一份珍貴的報紙。

我收藏的「創刊號」種類頗為蕪雜，但較多的是影視娛樂刊物，一來這是個人過去較專注於電影戲劇的研習方面，而更主要是得以結識香港電影研究先驅余慕雲先生，他收藏香港電影資料之多之廣，在同行中可謂無出其右。余先生知道我喜愛蒐集電影雜誌，因此有時在家找到重複的，多會轉讓給我，當中部分更是該雜誌的創刊號，其珍貴處實不用細表。余先生知道香港較少人研究電影雜誌歷史，故此常向我解說每一本書刊的來龍去脈及其價值等，教我獲益良多。

日子有功，今天我已蒐集了近三百種報刊的創刊號了，當然對比國內外的收藏家而言，這數字實在微不足道，但敝帚自珍，畢竟這是我個人三十多年來的經歷收穫，每一本創刊號，我都珍而重之。隨著近年蒐集這類報刊的人漸多，要保持這興趣的成本愈來愈見「昂貴」，有時見到心愛物也因價錢問題而望門興嘆。

物慾無窮，要適可而止了。

說中秋

端午節才過了不久，各種媒體都不約而同推出形形色色的月餅廣告，所謂「行船爭解纜，月餅我賣先」諸如此類的豪情壯語，大有與其他同行只爭朝夕之慨。除了傳統的蓮蓉、豆沙和五仁月餅外，近年市面推出的可謂五花八門，什麼冰皮月餅、雪糕月餅、曲奇月餅、流心月餅之類，直教人眼花繚亂；月餅以外，有些旅行社也趁機推出「中秋賞月團」，由董事長與明星親自領隊，實行與客盡歡；酒家食肆亦一早宣告平日一切優惠不適用於中秋前後的日子，言下之意是如有光顧得準備要選一些「精美菜式」……中秋節，真是商機處處。

中秋節不同於清明、端午或重陽等節日，翌日才是公眾假期，因此不少港人會利用中秋提早下班的機會返回內地，遇著假期翌日是周末，時間更足讓人參加三天的短線旅行團了。留港的也多不會呆在家裡，赤柱、石澳及其他熱門的燒烤地點，都是部分尚肯回家「做節」的年青人匆匆在家用過飯後趕赴的熱點。當然，康文署在各公園舉行的中秋晚會，也吸引不少市民參加。

然而中秋節讓我想起的，總是另外的一些事。

還記得《兒童樂園》嗎？每屆中秋前後，這本畫報總會以節日為題，播音台報道：台灣新竹縣今年全體村民合力製作出一個破紀錄的大月餅，足讓數百人滿腹；神話故事自然是吳剛伐桂、嫦娥偷靈藥等家喻戶曉的民間傳說，在羅冠樵筆下，蟾宮玉兔竟是如此鮮明跳脫；生活故事這一期會是一班孩子同心合力，為那名剛喪父的同學四出奔走，籌募學費和生活費，最後在中秋當晚大家完成使命，由老師帶領下到那同學家中報喜；當然少不了的是小圓圓一家在天台賞月的溫馨場面，平日愛搗蛋的小胖也會乖乖的留在家而拒絕黃聰的邀約。

這一切一切，雖然是那麼的遙遠，那一本《兒童樂園》，幾歷搬遷，也不知在什麼時候失落在某一個時空之中，惟是那種記憶，每到中秋，便不期然地浮現起來。

陶傑說中秋只宜在舊式唐樓露台或天台上度過，現代樓高摩天、伸手可與對戶握手問好的環境倒煞風景，我有幸尚趕上舊時月色，在天台看那一輪明月而不用望眼欲穿，天空澄明湛藍，月亮皎潔團圓，人的心境亦然。在阿波羅十三號未登陸月球前，我記憶中童年的中秋是這樣的。

距離中秋正日還有好幾天，各家各戶孩子紛紛提著燈籠走到街上，他們手上有的是紙糊的玉兔、楊桃，也有「風琴式」可拉開或摺起的燈籠，一種到今日在賣香燭紙紮店鋪仍可見到的款式；也有一些是廢物利用自家製造的，一種是柚子燈，在柚子皮底端點上一根蠟燭，然後用線將每一片柚子皮貫串起來，走在街上，柚子飄香，別有一番風味；另一種是在鷹嘜煉奶空罐上鑽兩個洞，中間點起一枝蠟燭，再用一根鐵枝推進前行，罐子便會不停轉動，頗能吸引路人注視。而我呢？由始至終還是鍾情於上面提過的「風琴式」燈籠，記得細號的一毫兩個，中號一毫一個，還有大號的多呈梅花瓣形，用不同顏色的薄紙糊成，紙上印有幾筆淡掃花草，簡單而不失清雅。如果說童年時代有些什麼「值錢」玩具，燈籠大概是我唯一可花錢買的物事。

中秋節家裡最重要的項目是拜「仙娘」，一家人吃過飯後，便得趕忙為晚上拜月張羅作準備，桌子上除一般合時水果外，最重要的主角是「月糕」：一種用米漿製成的潮州圓形餅食，而月餅則是潮式五仁、綠豆沙月，我第一次嘗粵式蓮蓉月餅，已是小五以後的事。那時的月餅盒多為硬紙皮製，盒面繪畫的是一輪皎月，中有嫦娥手持月餅淺嚼，論裝潢自然不及今天的華麗貴氣，但偏就是這種近乎樸拙的設計最能襯起傳統古意。

仰天拜月有很多禁忌，如不能用手指月，否則耳朵會無緣無故遭到割損以懲不敬，雖然我對此半信半疑，但膽小的我從來不敢犯禁，現在當然知道查無根據，但多年來我真的不曾用手指月，可見成人的恫嚇倒是奏效的。

中秋翌日有一天假期，每個孩子都想玩晚一點，甚至希望可以上街出行，但母親有令得待拜月儀式完成才有商量，可是每次我總待不及便沉沉睡去，醒來時已是更深人靜，兄長均已盡興回家就寢，我只能為自己貪睡錯過機會懊悔不已。

談中秋，說中秋，腦海中呈現的盡是這些童年片段，雖然平凡，但比起現在有些人家為虛應過節，動輒提早兩星期甚至一個月去慶祝來得踏實可靠。

年來每屆中秋，我總想到它象徵一年已過一半，同樣地我的生命無疑亦步入中秋之期，這跟董橋所言「中年是下午茶」的意思並無異致：體力自不及昔，心境也不再一樣，但每憶兒時點滴，一切人事歷歷，縈繞心間，都是美好而珍貴。因此我們還得感謝生意人，他們在營商之餘，也間接替中秋節作了廣泛宣傳，這個傳統節日才不至於在年青一代腦海淡出。

我的戲院路線圖

我是一名電影愛好者，業餘也喜歡做點電影研究，培養出這個興趣，其實與早年居住地區不無關係。

童年家住九龍城寨，交通是否方便也許見仁見智，但如對一個電影迷來說，則可算佔地利之先。

城寨外圍近賈炳達道有一間「龍城戲院」，當年從港島遷來不久就跟兄長在這裡看李小龍主演的「精武門」。記得要去龍城戲院，可得走過九曲十三彎，兜兜轉轉之間會經過一塊菜田，那是城寨居民的生活幫補，看似不可思議，在外人看來是「黃、賭、毒」充斥之地，竟有一片油油綠意，可算是黑暗人間的另一道優美風景。

我在龍城戲院只看過一齣電影，不久戲院便結業了，但在對面福佬村道還有一間頗有歷史的「國際戲院」，這是獨立一幢的建築，規模不大，座落民居之中，主要是上映嘉禾院線的電影，七八十年代成龍、洪金寶的民初諧趣功夫片和「鬼打鬼」一類的靈異電影，以及「福星」片系列，我太半都是在國際觀看的。

回憶小學時代，父親工作雖忙，但間中在周末晚上會帶一家人去土瓜灣「珠江戲院」看戲，從分區地段而言珠江戲院也算是座落九龍城區，她過去也是土瓜灣最重要的地標，直到今天乘坐小巴經過上址仍聽到人喊「舊珠江有落！」這戲院跟「南華」、「南洋」屬同一院線，主要上映大陸電影，那時候我最愛看「萬紫千紅」、「桂林山水」等的紀錄片，不知何故，特別對電影中所介紹的國產風物情有獨鍾，對年幼的我而言，中國這個應該熟悉卻又陌生的國度，竟要透過銀幕去認識，也未嘗不是奇事。我向有收藏嗜好，當中有部分是六七十年代的中國工藝品畫冊或是「文匯」、「大公」為廣州交易會出版的專刊，裡面都刊有不少國貨廣告，那些跟我們日常生活息息相關的貨品，無論何時都給我一種很親切的感覺。而這些東西，不少都曾在珠江戲院廣告短片中見過。

記憶中父親只帶過我去「珠江」觀影，其他多是兄長帶領或是跟同學一起同行。住在九龍城真可算「左右逢源」，如果想看西片，我只要從珠江的相反方向，即東正道穿過東頭村遊樂場，再經衙前圍村便可到新蒲崗的「麗宮戲院」，她是全港最大型的電影院，共有三千一百個座位，設有前座、中座、頭等、特等、後座和超等六個座別，但前座六行由於相距銀幕太近，故不設售票。

麗宮專放映二輪西片，由於票價相宜，我八十年代中之前幾乎所有外語片都是在這裡觀看的，「大白鯊」、「第三類接觸」、「洛奇」等經典電影，我從不錯過。最記得第一次欣賞由積懷德、麥里斯德和杜麗絲凱德合演的「兩小無猜」，當幔幕拉起，比知樂隊主唱的主題曲悠悠奏出，這時觀眾不約而同合唱起來，就好像上音樂課一樣。雖事隔多年，但當時情景記憶猶新。這齣電影是我迄今重看最多次數的西片，現在每聽到比知樂隊主唱的「First of May」和「Melody Fair」時，少年時代那略帶青澀的初戀經驗，不由的總會湧上心頭。

麗宮戲院於九十年代初結束經營，最後的歲月她改映港產片，劉德華主演的「賭城大亨」我就是在麗宮觀看的。戲院拆卸後現址就是「越秀廣場」，面向天主教伍華小學的一面就是舊時戲院大堂。現在每次經過，想起當年每逢周末晚上戲院大堂的熱鬧景象，無論是待進場的觀眾，抑或是大堂前擺賣的流動熟食小販，已成為新蒲崗老街坊的一種集體回憶。

新蒲崗雖不是什麼繁盛社區，但六七十年代工廠林立，每到下班時候人行如鯽，跟旺角不遑多讓，而周邊也有不少民居，公餘看戲是大眾主要的娛樂之一。故除了麗宮戲院外，只要向彩虹村方向直走，你先後可見到「英華戲院」、「國寶戲院」和「亞洲戲院」，而在英華和國寶亞洲之間，就是香港當時除「荔園」以外，另一間於六十年代中期落成的「啟德遊樂場」，不說不知，原來在八十年代初，啟德遊樂場曾辦過兩間小型影院，如此一數，新蒲崗一帶便有六間戲院之多！

啟德遊樂場的戲票可以兩用，既可進院觀影，看後仍可留在場中遊玩，算是一物二用，其實我在此看過的電影不少，但現在就只記得一部由美籍華裔演員李元霸主演的「龍之爭霸」，由於李元霸無論樣貌和身形都跟成龍相似，當時不少人都對他頗為看好，可惜他拍了幾部電影之後便無以為繼，未能在影壇闖出名堂。

英華戲院跟麗宮戲院同於六十年代後期落成，七八十年代多上映一些獨立電影公司影片，稍後「新藝城」和「永佳」的電影我多是在這裡觀看，不知何故，不少賣座電影，在其他戲院一票難求，但在英華往往仍有票可買，記得新藝城的巔峰之作「最佳拍檔」當年賣座空前，在別間戲院自難買票，但就是在英華可以隨買隨進，毋需預購。

英華是一間較舊式的戲院，日子久了也沒有刻意裝修，就是大堂也予人較灰沉的感覺。雖然如此，我特別懷念她開映前所放映的廣告，多是新蒲崗一帶的商鋪宣傳，尤其是那一把招聘工廠工友的女聲，「薪高糧準，有廠車接送」，二十多年如一日，直到九十年代戲院易手更名「麗斯」，我仍然能聽到那把嘹亮的廣告宣傳妙音。

「國寶」和「亞洲」真是兩間名副其實「對著幹」的戲院，兩者毗鄰而建，幸好所屬院線不同，觀眾各適其適，我已記不起在亞洲看過那些電影，而國寶最有印象是當年任白「帝女花」重映，假期同學相約觀影，齊集之後兵分兩路，他們全部進亞洲看「毀滅號地車」，我則獨自購票觀賞「帝女花」，散場就在兩院之間集合，情況恰如今日到那些設「一院」、「二院」、「三院」的影院觀影一樣，大家各取所好。

當年看過「帝女花」後有不少問題大惑不解，為什麼片中的周鍾角色不是梁醒波而是歐陽儉飾演？其次何以戲中部分曲詞不同於日常唱片聽到的版本？當然這些問題不久便找到答案。八十年代後期錄影帶租賃大行其道，「帝女花」一推出我即租回家欣賞，看後遲遲不還並騙店員遺失了，寧願沒收按金。九十年代「帝女花」更有光碟出售，我也第一時間買下，但其實質素跟錄影帶無異。

本地影業自九十年代開始衰落，電影製作數量直線下降，不少戲院也相繼結業離場，上文提及過的電影院全都不存久矣，現在尚存的舊式戲院可能只有位於紅磡的「寶石戲院」，其他都是連鎖式經營的影院，所上映的還是外國電影多，本地電影少，不過其實喜歡觀影的人還是有的，只是不少已改換了其他形式觀看。

我人較執著，總覺得電影要在黑漆漆的戲院觀賞才是正宗，電視機上觀看已是偏離正道，更遑論在電腦或在手機上收看了！雖然近年已不常進場看戲，但幸好家居附近，在旺角道還有一間「豪華戲院」，這是近十年除上述的寶石戲院外仍具舊式大戲院「遺風」的影院，二千年初還是用人手「畫飛」（戲票），加上座位特多（近千座位）和銀幕闊大，是不少老影迷尋回舊夢的地方，可惜戲院也同樣敵不過地產霸權，年前也要跟觀眾道別，而我的戲院路線圖相信也要在豪華戲院畫上休止符。

雖然「寶石」猶存，但規模和座位數目卻遠不及豪華戲院了。我想潘國靈的《消失物誌》再版時不妨把豪華戲院也記上一筆，讓我們一起懷念曾經光輝燦爛過的香港戲院時代。

一個香港足球迷的自白

去年香港足球代表隊在東亞運動會歷史性地取得金牌後，全港即時興起一股足球熱。可惜接下來的一連串對外比賽鎩羽，又令不少球迷瞬即從夢中醒來。其實只要理性一想，這只是一個規模較小的運動會，不少國家都只派出年青或副選運動員參賽，香港取得勝利也非意外。畢竟，本地足運長久以來的問題，並不能靠一次東運冠軍便可解決的。

我過去曾是一個全情投入的球迷，學生時代每天下課便往球場跑，家中的報紙體育版更是我每日必讀的精神食糧；兄長的足球雜誌每一期我都珍而藏之，今天偶然重溫那一本本的《足球世界》、《今日足球英雄傳》、《球國風雲》雜誌，總勾起我對香港足球黃金時代的種種回憶。近年有出版商把當年一些較受歡迎的足球雜誌復刻推出，以饗一眾資深球迷，雖然自己藏有一些原本，但仍不吝腰錢買了一些，就當是對這些有心出版人的一種支持吧。

我第一次踏足政府大球場觀看的是一九七七至一九七八球季聯賽南華對市政，家兄是忠實「擁南躉」，只要是南華的比賽多不會錯過，因此我也順理成章成為南華的「粉絲」。相信不少球迷都會同意，親臨現場觀賽那種感覺，特別是現場的熾熱氣氛，實非安坐家中收看電視轉播所堪比擬的。成為座上客還有一個好處，就是不時會遇到一些著名球員，我就曾遇過黃志強、張子岱、胡國雄、駱德輝等名將。

畢竟渡海入場看球賽所費不菲，並非初出社會工作的兄長常常負擔得起的，因此就算在大坑東足球場舉行的乙丙組聯賽，由於不用購票，就成為假日我們消磨下午的好去處。莫小看是乙丙組比賽，不少過氣的甲組球員也會在球賽中亮相，他們也許體力不如前，但技術尚在，在次一級的聯賽中仍有可觀的演出。

稍長自己可以獨立行事，便多到大坑東球場附近的旺角運動場觀賽，未改建前的旺角場設施較為簡陋，全場幾乎沒有蓋遮頭，遇上下雨就無處可避。但觀場中二十二名球員仍拼搏如故，觀眾有雨具的紛紛舉傘觀戰，沒有雨具的就在傘陣之間討個方便，一眾球迷就暫時成為「落雨擔遮」的好朋友。

雖說在旺角足球場舉行的球賽票價較政府大球場便宜，但始終不是一般中學生經常消費得起。當時足球總會為吸引我輩進場觀看，便推出學生票，他們首批印發的學生優惠證，我的編號是005。

整個中、小學時代，足球幾佔了我生活的一大部分，現在舊居仍藏滿有一個紙皮箱的報紙，裡面全是《星島體育》周報和過往外隊訪港比賽的舊剪報，當中包括美國紐約宇宙隊、西德漢堡隊、阿根廷小保加和英國阿仙奴等訪港報道。後期雖然要面對連串的公開考試，但除了少到球場踢球外，收聽電台轉播球賽和閱讀足球報刊，兩者基本上是與溫習平行的指定動作。

最記得一九八五年農曆新年假後，當時高考日近，家人都為我的學習作出各種配合和遷就，但我為了香港對汶萊一場關乎分組出線的世界杯足球外圍賽，竟瞞著他們到政府大球場為港隊打氣，雖然仍有筆記隨身，打算利用交通途中和半場休息時溫習，以減輕罪疚感，但都不過是自欺欺人之舉吧。

少年時代其中一個心願就是可以搬到旺角花墟一帶居住，以收近水樓台之利。這願望終於在十多年前實現，就搬到與旺角運動場一街之隔的地方。可是十多年下來，除了初期還有進場觀戰外，最後一次入場已是南華球星山度士告別表演賽了。就連家人也會問我是什麼回事？這當然涉及很多原因，也非三言兩語可以道盡，但對本地足球熱情減退，卻是不爭的事實！

一般人會認為球迷對香港足球失去興趣的原因，主要是電視台轉播太多外國球賽所致。誠然，珠玉在前，昨晚才欣賞過精彩百出的英超球賽，回頭再到旺角大球場看本地足球，水平相差太遠之餘，其實還關乎球員所表現的鬥心！重溫昔日的體育評論，球員如果技術不足，但往往鬥志可嘉，「傻俠」、「拼命三郎」、「茅王」、「氣袋」等都是當年球評家冠以球員的綽號，無論「雅」或「不雅」，都透現出這些球員努力拼搏，死纏爛打的精神，可是回看現在的球員，就是欠缺了這一種「死拼」的勁道。

其次本地的「超級聯賽」，徒具超級之名而無超級之實，每年球季總得拼湊隊伍才能開鑼，所謂的升降制度名存實亡，加上年前「擂台躉」南華退出超聯，更令不少球迷心灰意冷。此外不少球會因年青球員經驗不足改聘外援增強實力，可惜他們的水準又未足讓年青球員學習，姑且不提八十年代那一批如佐治貝斯、迪莊、加賀夫、南寧加、祖雲奴域等世界級球星，就是稍次的克捷臣、貝利、摩利、漢斯貝利等的球藝也令人回味再三，可是本地近年所聘的外援，除了早前來港客串的烏拉圭世界杯國腳科蘭外，還有誰可跟以前的外援比肩？

其實延聘外援只是推動足球運動的權宜之計，日本就是一個很好的例子，他們一方面招攬外援又切實推行青訓工作，日子有功，從近幾屆世界杯他們國家隊的表現可見一斑。反觀香港，青訓不足固不在話下，球員不少是有心無力，他們的薪酬微薄，部分為應付生活，需要兼職賺錢甚至全職工作，生活得不到保障，又如何專心比賽？

記得我在中學時代曾寫一篇「談談香港球市衰落的原因」，指出球迷入場人數只有三兩千簡直是「慘淡不堪」；年青球員未能接班令到球員替代「無以為繼」；「老細」足球（即球會的一切意向皆取決於付鈔的老闆）只憑班主喜惡做事，未能令球市健康發展等都是衰落的理由。

但今天一場球賽如有二三千人入場已屬可觀；球員青黃不接更是老生常談，難得的是仍有人大灑金錢投放在這無名無利的事業上，實在感激還來不及，還敢諸多聲氣，要求多多？三十多年過去，情況不僅沒有改變，問題卻愈生愈多，知道足球總會聘請不少專家希望可為足運對症下藥，但都無功而回。

俗語說「沒有最壞，只有更壞！」旨哉斯言。作為一個過氣球迷，眼見目前球市零落，能不痛心？

書迷瑣憶 之一

整理家中舊書，在其中一本抖出了一幀書簽，背面印著「一息尚存書要讀」句，這是南山書屋的買書贈品，算起來差不多已有三十年光景了。當年旺角一帶的二樓書店林立，盛況絕非今日的凋零落索可比。時移世易，畢竟文字閱讀已成為小眾的生活品味，既是大勢所趨，也就隨人所好吧。回顧自己買書的歷史，其實並非始在南山，而是在九龍城的九龍書店。

記憶中九龍書店最初開設在賈炳達道，店前擺放一排排的舊書刊，那時跟兄長去補回一些過期《武俠世界》，自己年紀太小，也記不起還有哪些雜誌畫報了。店子稍後遷往聯合道經營。那時家住九龍城寨，閒時隨兄長到店內選購舊刊，除《武俠世界》外，我已知道《足球世界》和《小流氓》、《李小龍》一類的雜誌連環圖刊物。《武俠世界》由於文字太多，自己只對董培新的插圖有興趣；但後者介紹球圈動態，圖文並茂，加上足球是我童年最喜愛的活動，我當年能夠在球友面前對南華、精工、愉園等球會的資料琅琅上口，各球員的背景如數家珍，實多得這些雜誌所賜；至於連環圖書，更是我的最愛：「龍虎群英遠渡日本禍福如何」、「李小龍被困機關陣中怎樣脫身」諸如此類的問題，都是較學業前途更令人關切的大事，這些精彩的內容，自然不能自私地獨個享受，於是把它帶返學校，開啟同學「廣泛閱讀」的風氣。

升上中學後，口袋有一點平日省儉下來的零錢，不用再跟著兄長才到九龍書店買書，《足球世界》、《小流氓》仍是我補購的必然之選，但我的注意力也漸為木架上排列得密密麻麻的書籍所吸引，何紫先生的《四十兒童小說又集》和《四十兒童小說新集》都是先後在九龍書店購齊的。直到今天，幾歷搬遷，這書仍在我書櫃中佔有一席位，除了是個人對先生的理想抱負存有敬意外，我想還有對九龍書店的一點情意結。

高中時修讀中國文學，當時老師在授課之餘總會推介一些作家讓我們認識，例如余光中、白先勇、梁實秋等，也未知是否如此巧合：老師每次介紹過後，我總能在店內找到相關作家的作品，由於店主取價甚廉，每本書不過兩三塊錢，一些稍為殘舊的一元便能購得，我的私人小書庫就此漸漸成形。除了上述作家外，徐速大半的作品我全在九龍書店買來，三蘇的《二十年目睹怪現狀》、《經紀日記》；黃谷柳的《蝦球傳》；江之南的《人在江湖》、《上中下流社會》；多人合集的《五十人集》、《五十又集》等，這些當時只不過視作閒書的，今天已是難得一見的珍貴書籍，成為不少藏書家搜求對象。

七八十年代港大中大學生會合辦的「青年文學獎」，是當時香港文壇的一大盛事，每年都發掘了不少有潛質的年青作家。為廣流傳，主辦單位每屆都會出版文集，而我幾本較早期的「青年文學獎文集」，都在九龍書店買齊的。

九龍書店店主是一名中年男士，他多躲在閣樓，鮮有到鋪面打理，店子就由兩位女士主持，光顧十多年，從來不多話，也不曾多買會給你一個折扣優惠。唯一的一次是在八十年代初，我發現有一疊六、七十年代的《兒童樂園》和《小朋友》，為數有二三十本之多，當時正是《兒童樂園》出版600期誌慶，不少報章都有專文報道，自己也有買一本來收藏。

這時男店主剛好下來，一問價錢，全部差不多要二百元，對於一個中學生來說，實在是一個頗大的數目，看著一個個似曾相識的封面，實在不捨得放下，於是鼓起勇氣請他略減書價，但他就是鐵價不二，還說他才剛取出來，如我不把握機會，很快就會給人買去。我只好請他替我留下，連忙跑回家取錢。再返書店，已有一名男顧客不住瞧著櫃檯上的《兒童樂園》望去，店主也守信，不讓那人沾手。

九十年代中隨著店主人去世而結業，我也搬離該區多年，現在偶然行經上址，它已是一間改售時尚服飾的店鋪。站在店前，一股思舊之情油然而生，除了懷舊，我還得感謝它啟發我對文學的興趣。

相信任何修讀文史的人，學生時代總不能不在奶路臣街、西洋菜南街一帶二樓書店作定時巡訪，文首所提及的南山書屋就是其中之一。

說起南山，總不免有點愛恨交纏的感覺：南山不易上，它開設於一幢很殘舊的唐樓之內，由於樓宇失修，樓梯破損崩壞，每次拾級而上都要小心翼翼，步步為營。雖然如此，但我仍是照訪如故，其中一個原因是它所訂的書籍折扣特優，人家新書八折，它則七五折甚或七折，而且一些斷版的書間中仍可以在那裡購得，司馬長風的《新文學史話》、《新文學叢談》和《中國新文學史》系列，後兩者我早已藏有，就是「史話」遲遲未能遇到，最後就是在南山竟願。

另外店內那張黑色長沙發，雖然跟樓齡齊高，已失去彈性，但它仍可讓顧客站得倦時稍息一下，一些客人更老實不客氣，看累了便呼呼入睡，不啻是書店的另一道人情風景。南山書屋經營至八十年代中由一群文史系學生接手，更名為五車書屋，當時改售國內文史哲書為主，訂價亦廉，是我較常到的書店。可惜不久樓宇拆卸重建，今天的「金雞廣場」便是南山當年舊址。

除南山外，我還多到位於奶路臣街和西洋菜街交界的貽善堂書局，不知何故，貽善堂跟前述的九龍書店總是較少人提起，其實這間書店兼售新舊書籍，書種甚多，如今回想，當年它有一書架專售「今日世界出版社」的叢書，可惜當年見識少，未知其可貴處，因此不曾加以留意；其次它有不少「雜書」，例如在《南北極》連載的「香港富豪」列傳；七十年代出版社的章盛所著的香港黑社會實錄等，這些帶有社會揭秘式的書刊，都是我頗愛讀的種類。此外貽善堂不時有一些雜誌期刊合訂本，厚厚一冊只售五元或十元不等，記得自己就在這裡買過《盤古》、《新觀察》、

《青年文學》等合訂本。貽善堂店主是一位中年男士，記得光顧多年，我竟不曾跟他共話，始終保持著淡如水般的關係。

如果說尋找舊書，西洋菜南街的實用書店是愛書人必到之地。記得大概是一九八七年左右，一天在報上見到實用書店的一則小廣告，稱有大批舊影視刊物出售，當時我正開始搜集這類刊物，弄清楚地址後即行前往，首次到訪，這真是不折不扣的「舊」書店，店內書刊很多，四周堆放起來有點雜亂，走過一圈卻未見所講的影視刊物，問過店員，她向右邊書堆一指，只見一名中年男士正蹲著看書，原來已有人先我一步在揀選了，這時他站起來，雙手捧著一疊雜誌，我一望紙箱，只賸下幾本《廣播周刊》和一本麗的映聲的《電視周刊》，關於電影的相信已給那人全數要了。雖有點失望但總不能空手而回，便把那幾冊書取起然後付款。

來到櫃面，只見那名中年人正跟店員就著手上一小袋單張討價還價，我見到裡面有一份邵氏的「相思河畔」電影宣傳品，其它相信都是這類電影說明書，那中年人見我目光停駐在小袋子上，便不再打話，然後抽出一張百元鈔票離開。這名男士就是日後在我尋訪舊物時總不時遇上，後來更結為好友的魯錫鵬先生。

實用書局中間置有一張大檯，上面堆放很多書報合訂本和民國舊雜誌，我曾買過不少今日已難得一見的書刊，如民國時代的《東方雜誌》、《小說月報》、《少年畫報》和本地出版的《兒童報》、《大學生活》合訂本等，取價特廉，多是十元或二十元不等。另外也在門前擺放不少期刊散本，其中有國內文革時期的《人民畫報》，也有不少早期的《南北極》、《明報月刊》等，當年自己還未有把書刊集齊一套的宏願，故此只選一些主題吸引的來買。

實用書局後來遷往油麻地繼續經營，遷店前曾辦過割價大傾銷，不少舊書刊都得見天日，鋪滿店前，讓我們一眾書迷買個不亦樂乎。至於新的實用書局設在油麻地一幢很多舞廳場所的大廈內，進出很不方便，加上書局所售的多是中醫氣功或功夫書刊為主，不是我的興趣所在，因此行腳漸疏，至二零一四年書局傳出結業，我才舊地重訪，本不抱著什麼希望，但又意外地給我撿到一冊良友畫報合訂本，讓我跟這間歷史悠久的書店關係圈上終結符號。

書迷瑣憶 之二

旺角眾多書店中，新亞書店跟我結緣最早，也是我至今最常到的書店，早在洗衣街舊址時我已光顧，至今已有四十年了，家中不少藏書多是從新亞買來。雖然說兼營新舊書籍，但新亞仍以售舊書為主，可能該店歷史長，較多為人知，故不時有人主動登門出售收藏，店主蘇賡哲先生亦常上門收書，因此書源不缺，每次到訪總不會空手而回。

早年新亞書店所售的舊書，是名副其實的「舊書」，不少線裝書，民國年代書刊也有出售，我那時只熱衷於現當代文學，對這些舊書並無太大興趣。也是怪自己太過拘執於買書範疇，未有開拓眼光，因此遇到好書往往失諸交臂：一次見到《華僑日報》出版的《香港年鑑》第一、二回，封面雖有破損，但內頁尚算完整，由於沒有標價，也就隨手放下，怎料早就有人虎視眈眈，見我放手便即取去，聽到店員說兩本共售六十元時，心中後悔不已。二十年後我雖從別處買得《香港年鑑》第一回，但價格已飛升不知幾多倍了。縱是如此，我在新亞的收穫總算得多失少，有兩次經歷尤值得一記。

約在八十年代後期，當時我仍在讀大二，時值期考，也就少上新亞巡訪。一天同學相告，說新亞來了一批新的舊書（意即書是舊的，但是新上架），叫大家有空去看看，同學都是愛書之人，放學便聯袂前去。結果教我喜出望外，多少日夜盼望但因阮囊羞澀不敢買的書，現在幾乎都在眼前出現：夏志清的《中國現代小說史》（友聯版）、《新文學的傳統》、《愛情社會小說》、《文學的前途》和《人的文學》，一次過給我買下來，所售不過是原價的兩、三折。胡菊人的《小說技巧》、《文學的視野》（明窗版）；周作人《知堂回想錄》、曹聚仁的《魯迅年譜》和《魯迅評傳》（三育版）；司馬長風《繼園的哀愁》、《大觀集》、《浮生三唱》等散文集；劉紹銘《靈台書簡》、《風簷展書讀》、《西風殘照》雜文集及以「二殘」為筆名所寫的「二殘遊記」系列等，還有很多很多，買得不亦樂乎。雖然繼後過了一段不太短的緊日子，但內心滿足遠遠抵消了經濟的困乏。

當年除購得這許多好書外，還有一個意外的收穫，就是同期間書店也收到一大批期刊雜誌，這些過期刊物，在一般人眼中並不會加以留意，事實上當時書店著眼點也不在這裡，故此不計厚薄、不論大小，每本概以一元出售。我在其中買得不少六、七十年代香港出版的雜誌創刊號，例如《東西風》、《中國人》、《中報月刊》、《七十年代》、《益智》等共十多種，亦因此誘發我後來搜集創刊號的興趣。

另一次值得記述的買書經驗，要數到十年後的一個暑假，那時個人興趣較集中於搜集舊電影戲劇書報雜誌，新亞書店這方面的書刊不多。同樣是友人見告，說書店來了一大批舊書，叫我去看看有沒有合心意的，我想反正久未到訪，專程去看看也無妨。當我上到去時，如用「書海滿瀉」去形容眼前所見，相信也不誇張！

那一個個貼滿牛皮膠紙的紙皮箱，每個都漲滿得要裂開一樣，可想而知裡面書的數目何等驚人，部分開了箱的書已給上架，而更多的是散佈在店內每一個角落，但我已無暇理會，很快地瀏覽一遍，文史哲戲劇電影攝影各類俱備，中西俱全，每一本書內頁都有藏者所購日期地點和一位譚先生的手書，其中更有部分是作者親筆題字送贈的，心想這位譚先生倒捨得。由於要趕赴約會關係，故只挑了幾本關於電影的書籍和友聯出版的大學生活叢書便離開。

晚上回家，腦中浮現的盡是日間在書店所見的情景，而那一箱箱尚未拆開的會是什麼書籍?讀書時代那般購書熱情又重新燃起。翌日是周日，於是趕緊趁顧客不多時中午前便到達書店，其時蘇先生已移民加國，由蘇老太留守大本營，她笑說相識多時，就是未曾見過我這般早來光顧。我看看書架上的書，不少是從地面放上去的，看來生意也真不錯。我見店內無人，便問蘇老太可否拆開箱子看看，她說店員還未上班，就由我來開箱吧，我想世界上再沒有別的事比這工作更令人振奮的了。

每開一箱，就像尋寶揭盅一樣，看到並非自己口味的便把它重新封好，對胃口的就一本本放在一旁。我見顧客漸多，不好意思再開箱，免得蘇老太難做，由於這些書籍並未標價，她需要逐本寫上價錢，不知是否當著我面前，價錢是出奇地「合理」，正是賣者欣然，買者歡喜，兩得其所。

回家整理日來所買書籍，差不多每一本都寫有「譚錦常購於ＸＸ」幾個字，心想這位譚先生真是藏書大宗，當年的我對書刊認識不深，但僅從他的藏書便知道這是一位極資深的收藏家，竟令我有結識這位藏書家的念頭，最後經過一番轉折，終於讓我結識到譚錦常先生。

譚先生為人謙厚熱情，他不以初識為限，對我知無不言，並把他留下來的書刊如數家珍般一一介紹，令我增加了不少各類書本的認識，亦由此展開了彼此近二十年的交誼。譚先生於二零一五年十二月辭世，享年八十六歲。老人家得享高壽，去得安詳，但每想起他對我的厚愛，心中感激之情，實難言表。

書迷瑣憶 之三

上文所述都是位處九龍的書店，至於港島，我光顧最多的是北角創作書屋和中環的神州圖書中心。

創作書屋位於北角七海商業中心地下一個較偏的商鋪，我在港島讀書，每天多乘搭10號線巴士到北角碼頭乘渡海小輪返回土瓜灣家，如不趕時間，多會在中途下車先往創作逛逛，每次到訪，總見到有一位中年男士看店，後來才知道他就是藏書家許定銘先生。

每次推門內進，都見到許先生手不釋卷，也不曾抬望進來者是何人，記憶中每次到訪，時間多在下午三、四時左右，店中就只有他和我兩人，一主一客，各有專注。創作書屋有一小閣樓，我多先上閣樓看書，那些書都放在地上，挑了合適的便沿樓梯下來，但仍得注意梯級邊沿疊放著一棟棟書籍，都是書脊向外，方便顧客揀選。樓下一列排得滿滿的書牆就更可觀了。創作雖售新書為主，但仍有不少舊版書籍出售，特別是一些台灣出版的現代文學叢書，都令我開了眼界。通常我會把選定的書放在櫃面，然後再出門外，門外放有兩個紙箱，裡面都是特價一元的書刊，我不時從中找到一些好書，柳存仁的《插圖中國文學史》和《中國歷史研究法》、以及台灣新潮文庫叢書我都買了不少，此外一些雜誌如《中國語文》、《新教育》、《中文學習》，甚至《盤古》、《大學生活》的散本都曾購得，這些特價書刊許先生都會在封底用箱頭筆寫上價目一元，特別顯眼，多年來我整理書籍每次見上，總想起當年這段買書的日子。

相比起「創作」，我認識「神州」更早，那時「神州」還設在中環士丹利街。是魯錫鵬先生引領我前往的，他是神州老顧客，和店主歐陽文利先生相熟，因此我每次光顧最少有九折甚至更佳的折扣優惠。「神州」以賣舊書為主，兼及一些文玩古物，最吸引我的是在店內當眼處張貼很多文革時期的單張海報，還有不少港台電影劇照海報等，一些較珍稀的書刊，歐陽先生會挑出放在櫃檯前或他身後的當眼之處。

每次到神州，我首先會翻揭一疊疊的舊報紙，雖然多是一些大報散頁，但也有一些二張對開，規模較小的報紙，例如《逸報》、《天聲日報》、《盈科日報》和《平安夜報》等，我早期的報紙收藏，不少都是在這裡購得的。報紙旁放有一堆娛樂刊物，多是《南國電影》、《娛樂畫報》、《銀色世界》一類較常見的舊電影雜誌，但不時偶有佳作。一次在檢閱間，發現一冊缺了封面的雜誌，本來我是不會考慮的，但眼看較陌生，留意下原來是五六十年代影業鉅子「光藝機構」的出版物《光藝影訊》，過去我只見過單頁的「光藝影訊」，近似「戲橋」的八開印刷，這回倒是給我碰上了！這一期影訊主要介紹秦劍執導的「遺腹子」，還有演員的花絮報道。搜集書刊三十多年了，《光藝影訊》就只遇上這一次！另有一次在光顧時，無意中發現歐陽先生手旁放了一本李麗華封面的《長城畫報》創刊號，這是「長城電影製片有限公司」的官方刊物，是五十年代與《中聯畫報》、《國際電影》、《南國電影》同為最具代表性的電影雜誌，我即時問歐陽先生是否出售？他說是有客人剛放下寄賣，連售價仍未標上。

我知道這種可遇不可求的畫報定價不會便宜，但機會難逢，暗想只要能力所及便在所不計。最後歐陽先生說就以物主所定原價給我，他就不賺差價了，我當然感謝還來不及，繼後「長城」的二至十期我都是經歐陽先生手上得來，相信都是來自同一物主，價錢也是合理的。二十五年過去，它一直是我較珍視的一件藏品。

有一段很長的日子，每到周六就是我到中上環探尋舊物的快樂時光，我多乘過海隧道巴士到上環，先走上摩囉街地攤，然後到附近「精藝」、「陸記」等專售舊物的店鋪看看；第二站是往荷李活道名店「康記」，這間舊物店就是電影《胭脂扣》中萬梓良購買三十年代《骨子》小報的實地所在，由於位置在大街上，不愁客源，也吸引不少對中國文化有興趣的外國遊客光顧，因此所售的東西價錢頗高，我在這裡多只是看看而已。而在一、二站之間的幾條斜路，其實仍有一些售賣舊物小店，但不是經常開門，每次經過總得碰你運氣。而上文提到的神州就是最後一站了，縱然前面各處沒有收獲，來到神州總不會空手而還。

由九龍書店起至神州舊書文玩店止，基本上已記下了自己三十多年買書的足跡，當然中間尚有很多不可不提的書店，例如波文、田園、樂文、劍虹齋（位於中環蓮香樓附近）和上海街何老大等，每一間書店我都曾買進過不少好書，也帶給我不少難忘的經驗。雖然上述書店不少已隱入歷史之中，但在我的書籍紀錄冊中已一一留下指爪。

我是一個平凡的人，正由於此讓我半生能與書結緣，這其實未嘗不是一種福氣。

感激知遇——余慕雲先生

電影是我三十多年來一直樂此不疲的興趣，無論是觀影或是蒐集與電影相關的物事，包括電影海報、劇照、戲橋、特刊、雜誌畫報以至明星照片和戲票等，幾無一不是我的興趣所在，而我對舊時電影的認識，除小學起已鍥而不捨地追看粵語長片外，同時大多得力這些資料文獻，以及參閱歷屆電影節的香港電影回顧專題——也是在這些書刊中，讓我知道有一位專研香港電影史多年的余慕雲先生。

最初從不同媒體或訪問中，知道余先生是一位把香港電影研究視為終身事業的人，他為了建構香港電影歷史，幾十年來在別無經濟援助下獨力擔起這項有意義的工作，填補了香港早期電影史的空白。我對余先生慕名已久，只是多年來都未有機會結識。二十七年前經友人介紹下才得與結交，其時余先生剛加入當時還在籌備階段的「香港電影資料館」擔任研究策劃工作，對館的開拓發展貢獻很大。

當年我們一班熱愛電影的朋友每月總有一兩次飯局聚會，其時電影資料館臨時辦事處設於旺角花園街，余先生下班後來油麻地萬壽宮菜館參加飯局很是方便，席間聽余先生暢談影圈軼聞，也從中得知很多電影歷史掌故，叨陪末席的我也獲益不淺。

那時座中人我相對較為年青，在他們面前，我多只有聽的份兒，有時也提出一些問題，余先生見難以一一解說明白，因此不時會約我見面，甚至叫我到他府上，可以較詳細深入地討論一些電影問題。

余先生家住屯門蝴蝶村，首次到訪，真給眼前景象嚇倒！在這不足三百呎公屋單位內，除了幾件簡單家私外，其他空間全都給無數的電影資料填滿，廳中一個個書櫃都因長時間受到重壓變形，大門左面一排排書櫃放的是各種中港台的電影雜誌，而電影特刊雖只佔一排，但由於頁數少，較薄身，僅目測即有近千之數，至於不同內容的電影錄影帶和光碟影碟，則放在較底層；而最教人矚目的是一台早期的攝影機，雖已不能操作，但卻散發著沈厚的歷史餘韻。另一邊的書櫃主要擺放中外電影歷史及理論書籍，還有歷屆的香港電影節專題特刊，此外各種電影年鑑和學報一排排像圖書館般呈現眼前。

日後因要協助余先生找資料，才發現書櫃另有機關，原來余先生當初訂造書櫃時已預設兩層，地下有一條路軌，只要搬走雜物，就可把前面的書櫃移開，見到的是另一列放滿更多更珍貴文獻的書櫃！廳中如是，余先生連廚房的空間也不放過，即使天花位置水管之間也可「攝」入一些公文袋，裡面是什麼也毋庸細表了。

余先生記憶力很強，家中所藏看似雜亂無章，但其實亂中有序，相處過程中每次要找某一本書刊或資料時，他總無礙地翻撿出來，如站高不便，便指示我在某天花角落拿下來，一打開公文袋，果然就是他要之物！余先生的公文袋特別多，袋子都寫上各個演員或電影公司的名稱，每個都是塞得滿滿的圖文資料，這就是他的私人檔案庫。

後期電影資料館為讓余先生方便整存各種文獻材料，便提供多個Ａ４多頁的文件夾給他，將它們一個個排列整齊，看起來就更可觀了。曾經有多少個周末我都在他家中權充助手，協助他整理一些文件資料，過程中或會撿出一些刊物複品，余先生都大方地轉贈給我。交往多年，我發現這些在同道人眼中都是寶的書刊物事，對他而言，除了小部分極珍貴的書籍外，其他都是用得著的資料而已，因此你會發現余先生的書刊不時會「開天窗」，多有剪過的痕跡，他把需要的圖文，從書中剪下轉貼在他所用的資料上，毫無半點遲疑考慮。問他影印不行嗎?他答如此會省時省事得多。

余先生當時在電影資料館工作繁忙，公餘更要編撰《香港電影史話》和應約而寫的文章，但他樂於提掖後輩，除為我解答一切與電影有關的問題外，還要應付很多認識或不認識的人的查問。有一次我陪余先生回家，有一位國內年青學者早在大堂等候，他道明來意，要請教余先生一些問題，余先生跟此人素未謀面，但仍爽快直接請他回家慢慢傾談。

一九九八年，我第一篇在《明報》發表的電影習作「漫畫與香港電影」，就是在他鼓勵指導下完成的。以後我每一篇有關電影的文章以至在《戲曲品味》的專欄文字，都得到他的審閱才加發表。

二千年初，他從電影資料館崗位退下來，又為佛山祖廟先後籌辦黃飛鴻紀念館和粵劇博物館，每星期中港兩邊走，工作比未退休前更加忙碌，但他仍幾乎每隔一星期趁家庭聚會之便約我在荃灣美心酒樓見面，就我在《戲曲品味》的專欄內容提出修改意見，直到今天，每念及此，我還是很感激他的。

那段日子，如果說我在電影或粵劇的認識稍有寸進的話，那應是余先生的功勞（當然還要感謝《戲曲品味》主編廖妙薇小姐給我寫作的機會），他常說做事不能草率，以他自己為例，研究香港電影十多年才下筆並發表專題文章。也因如此，十多年前我所編寫的一本關於粵劇藝術的小書，他爽快答應為書寫序，但認為還需要再加鑽研，把內容有所深化才好出版，由於該書申請了藝術發展局資助，要在限期前完成出版，他又在佛山工作繁忙，為此請了余太太代送序文到舍下。余太太人極好，這是友儕皆知的事，而余先生多年來可專研香港電影史經濟無後顧之憂，也是得到余太太的全力支持所致。

可惜正當他仍為電影和粵劇藝術打拼之時，竟不幸於二零零六年四月在廣州不幸辭世，他的離去，不僅是香港電影歷史研究領域的一個重大損失，在我而言，更是失去一位經常耳提面命的良師益友。也是那幾年經常身在佛山之故，他長期剪存的《明報》「石琪影話」無以為繼，知道我是看《明報》的，便吩咐我替他剪存，每儲到一定數量，就在見面時給他，可是最後一批的「影話」已無法送上了，這疊二零零六年三月至四月的剪報，現在仍靜靜地躺在我的抽屜裡，睹物思人，不勝感慨。

余慕雲先生一生兢兢業業，晚年得以破格加入香港電影資料館，是經不少業界與電影文化界人士向政府力陳才得成事，他常說道自己的學歷不為當局承認，能夠出任電影資料館研究組主任誠不容易，他嘗言「我需要電影資料館，電影資料館也需要我」，簡單兩句話，便清楚說明兩者互為依存的關係。

最近我把自己對香港電影的一點觀察感思，在好友吳貴龍兄協助下出版了《星光大道——五、六十年代香港影壇風貌》和三冊國粵片演員剪影，算是向余慕雲先生呈上一份遲來的功課，讓他知道我一直未曾對他的提點指導有所或忘，同時藉此以示不忘故人知遇之情。

不求聞達——記藏書家譚錦常先生

「經盧瑋鑾教授轉來　閣下惠贈著名作家簽名本兩種兩冊，曷勝銘感，謹致蕪函，敬申謝忱。

1　新雨集：阮朗、李林風、夏炎冰、夏果、洪膺、葉靈鳳六人合集（李林風（侶倫先生）簽送藏書家譚錦常先生）

2　戀曲二重奏：侶倫著（侶倫先生簽送藏書家譚錦常先生）」

八年前譚錦常先生辭世，經小思老師引介下，我代譚錦常先生家人轉送兩冊侶倫題簽小說給中文大學圖書館，但一時大意未有留下通訊地址，要老師親自把謝函交我再轉給譚先生家人。看著信件，「藏書家譚錦常先生」八個字一直在腦海中徘徊不去。是的，譚先生是一位名實相符的藏書家……

一九九七年暑假後期，當年還在旺角洗衣街經營的「新亞書店」（現名新亞圖書中心）特別熱鬧，顧客川流不息，吸引他們的原來是每天運來一箱箱的書籍。我雖書店常客，但有一段時間外遊，故未及知悉，要經友人通知才知道書店來了很多舊書，當我到達時，真被眼前的景象嚇倒——

眼前觸目所見，盡是一個個沉甸甸、裝滿書籍的紙皮箱，有些書已給上架，但更多的是散佈在店內每一個角落，還有很多尚未拆箱的書，很快地把書架上的書瀏覽一遍，文學、歷史、電影、戲劇、攝影各類俱備，更難得是當中不少是絶版或初版書，而每一本書內頁都有所購地點日期和一位譚先生的簽名，當年我還是一個對書刊涉獵未深的讀者，但僅觀眼前書山，就知道這是一位博覽群書的藏書大宗，而這也是未謀面前我對譚先生的初步印象。

多日如上班一般到新亞巡訪，每次總不會空手而回，除了一些名家作品集外，有幾本絶版已久的書都在其中，例如望雲的《星下談》、《人海淚痕》；史得（三蘇）的小說《黑水仙》，甚至名報人任護花的《牛精良》和《中國殺人王》小說也在其中。還有一些關於香港掌故的書籍，如葉靈鳳的《香江舊事》、《張保仔的傳說和真相》、《香港方物志》等，心想譚先生的珍品真多。

但教我最高興的是多本電影書刊，當年我正沉迷於懷舊電影世界，而在書堆中，竟讓我發現楊村的《中國電影三十年》、《中國電影演員滄桑錄》、向宸的《影星外傳》、洪膺的《電影史話》等，更令我驚喜的是當中有兩冊《電影沙龍》合訂本，這是大導演李翰祥在台灣成立「國聯影業公司」時所出版的電影刊物，我一直存疑：一個喜歡電影的人理應兼藏電影雜誌，這兩冊合訂本正好解答了我這個疑團。

問店主蘇老太還有沒有這類雜誌，她說那賣書人家中有很多電影雜誌，但由於數量太多，而且很舊，僅是搬運其他書籍已費了不少力氣，所以並沒有要。聽畢我差點沒暈了過去，因為那些很「舊」的雜誌，正是我當年四處搜求的目標，她還說要知道我喜歡，一定將之搬回來。我深明下了決心把書賣掉的人，多數不會再作收藏，於是大膽地問蘇老太那人的地址住處，其實這是商業秘密，但她見我是熟客，便破例告訴我他住在九龍城衙前圍道，由於兩次上門都是由賣家引路，故記不清楚門牌究竟是六十七或七十六號，著我不妨去碰碰運氣。

回家後一直坐立不安，吃過晚飯，終於決定到九龍城一趟。九龍城是我童年住處，故此並不陌生。這一帶的建築都是舊式唐樓，我先由六十七號地址出發，在昏暗的燈光掩映下逐層尋找，皇天不負有心人，就在四樓轉角位見到幾個舊木書架，便認定應沒有找錯地方，而且可信那位譚先生應就住在五樓。

舊樓有一個優點便是一梯只有兩伙，一戶沒有人應門，改按另一戶的門鈴，良久一位老者前來開門，老者說譚先生尚未下班，未待我再問他便把門關上。我無奈只好離開，但又不甘心就此無功而還，於是便在樓下等候，其間有不少人進出經過，我只能憑直覺去辨別誰是主角。待了差不多一小時，一位身穿白恤衫淺灰色西褲的中年人向我迎面而來，不知何故，也不知從哪處來的勇氣，便上前問他是否就是譚先生，他略為錯愕下回答了是，我於是道明來意，譚先生可能見我並非盲撞，便招呼我到他家中。

原來他在港只獨身一人，家人全在國內，故租住了上址中的一個單位，這個單位共有四間板間房，他一人共租了其中三間，全部作藏書之用，自己則置一張帆布床睡在露台前，可見他實在是一位名副其實的愛書人藏書家。進入他的藏書閣，只見一個個長期因受重壓而變形的書架上，零星地放著十數本書籍，地上則有幾個空紙皮箱，再無其他家具。譚先生說他日內便要搬離這裡，絕大部分都已給新亞運走了。至於我所覓尋的電影雜誌，他原有幾百本之多，但因新亞不收納，因此早前已雇人運走了，只留下一些《長城畫報》和幾本《香港影畫》新年號，當年「求書若渴」的我，見到這些電影珍刊，自然雙眼發亮，他見狀竟大方說如需要可以全數贈我。可想而知我當時的心情實在跟中六合彩無異！這是我與譚先生訂交之始。

不久譚先生搬往公司在大坑西村的宿舍居住，而大家不時仍有電話聯絡。一次他來電表示整理舊書時找到一冊《國際電影》一至十期合訂本，著我到他家一看。他家居面積不大，室內除了幾件簡單家具外，主要置有三個書櫃，都是從舊居搬運過來的，裡面堆放滿不少書籍，他說除部分是舊藏外，其他都是近一年來購得的。據他所言，每月除了把家用寄回鄉外，其餘的薪金大都花在買書上，雖然當時已把大部分藏書散去，但買書這習慣始終不能改變，故閒時多到新亞書店逛逛，見到喜愛的仍是照買如儀，而在所買書中，不少竟是自己舊藏！

二千年初譚先生退休回鄉安度晚年，但彼此時有書信往還，幾年後他又返港定居，我每逢年節都會上門拜候，他每次總會給我看他新的藏書，粗略瀏覽下，感覺上最多的是國內出版的中外名家作品，其中不少是解放前出版的，其次是香港文學，當中他最珍視的是侶倫送他的小說和散文合集，（即送贈中大的兩冊簽名本）一次他更向我展示一幀侶倫親筆簽名照，這是他平時絕少向人提及的，他說自己不過是一個普通讀書人，但能與侶倫結為朋友，是他一生最大的榮幸。他不曾具體地說過什麼，只提過是街坊鄰里的關係。近讀侶倫《向水屋筆語》增訂註釋版，其中有一篇作者提及他跟其中一位鄰居因信件誤傳而認識，我相信那位「譚君」就是譚錦常先生。

大坑西居所僅二百尺，藏書量自然難以跟舊居相比，不過亦很可觀了。因為每次我只能從書窗望進去有些什麼書，由於櫃子較深，可藏書兩層，因此後面藏的是什麼書，便不得而知了。有一樣教我較為意外的，原來譚先生對風水命理術數也有研究，我不懂這方面的知識，但從他的收藏可見到他曾下了很多工夫。

譚先生性格較為內向，退休後日常生活就是逛書店、買書、讀書，閱報，加上太太順利從國內移居香港，照顧他的日常起居，女兒也經常陪伴兩老到處遊玩，生活相當寫意。我們每次見面，其實並不多話，很多時候都是由我提話他作回應，但彼此交心，坐下聊聊已很好了。大家都是愛書人，話題總環繞著書，我童年時代曾住在九龍城一段頗長日子，跟他其實是有街坊之誼，彼此更同是聯合道九龍書店的常客，也許曾經碰面也未可料。

我知道譚先生熱愛寫作，故常請他拿出讓我拜讀，他靦腆地謙稱見不得人，然後便取出一些剪貼簿給我看，並叫我不吝批評批評。我在細讀之餘，不時望向他，見他臉上流露出一種滿足之情，我知道他是很歡喜的。不過出奇地，他過往在書刊上發表的文章，絕大部分是回國觀光的所見所聞，或是歌頌新中國的成就發展，卻不曾見過一篇跟讀書有關的文章。但這個小疑問很快便解開：原來他把這方面的心得都寫在相關的書冊內了。

譚先生除了跟書結下不解緣外，他還對攝影懷有濃厚興趣，每逢假日，多會攜著相機到港九新界出遊攝影，歷時逾半世紀，不少早期作品更曾在《伴侶》、《青年知識》上刊登，而他留下的相冊和膠卷更有五六箱之多！

二零一五年十二月二十三日下午，突然收到一則短訊，原來是譚先生女兒傳來的，一股不祥預感即時襲來，短訊寫道：

「連老師你好！我是譚錦常的女兒譚淑婷，多謝你一直以來對我父親的探望和關心！每次和你見面後，他都會開心地跟我們說你來探望他，還將你帶給他的美食和我們分享。父親能和你探討他的書籍收藏是他最開心的事！可惜他以後已再不能跟你談論香港的歷史文化了，他在十二月十五日中午於午睡時安詳離世，終年八十六歲。父親生前仍有來往的就只有你一個朋友，故經與家人商量後決定告訴你這個消息……」

譚先生後事辦好後，由於家居較殘舊，需要及早維修，故一屋子的書刊急待處理，譚小姐知道我較清楚她父親的喜愛，便請我協助整理藏書，同時聯絡相熟的新亞書店蘇先生接收藏書。面對一屋子書冊，除少量是從舊居搬來之外，大部分都是譚先生十多年來重新買進的心頭愛，我記得他生前曾透露過有一些書他珍如拱璧，實在應該替他留下給家人誌念，便趁把書裝箱之便，設法把侶倫那幾本小說找出來，也借此機會一看先生的藏書，於是跟譚小姐花幾個下午時間整理，到這一刻我才得以真正一睹他收藏全豹：中外文學、人物傳記、遊記、文學理論、歷史掌故、社會政治、書畫藝術、攝影畫冊、影視娛樂等，簡直可以用圖書館分類法去加處理！

譚先生是愛書人，一些原來殘破不堪的書籍，他都用雞皮紙加以修補……有些脫了書釘的，他又用線穿連，工夫幼細，不似一個粗枝大葉的男人所為。譚先生藏書另一個特點，就是愛把一些相關的文字資料剪貼在書中，因此不少書本較原來變厚了很多，雖然不大美觀，但對讀者而言倒增進了不少有用知識。

漫長的工作總有完成之時，譚先生藏書總共裝滿三十三個紙箱，除了譚小姐以往斷續搬回自己家的書刊畫冊我未有機會得見外，這就是譚先生近二十年來的收藏全部，但綜觀他一生所買的書，又豈僅此而已？單是二十年前在九龍城的書藏即便遠超於此，兩者相加，真可以是一個天文數字！在整理書籍其間，發現了幾巨冊他自製的買書紀錄，冊內詳細列明買書日期、地點和書價，我無法加以細看，但相信這會是最準確去了解譚先生一生買書的資料了。

整理最後階段，給我發現了一冊譚先生手作的「書迷瑣憶——連民安散文選」，原來他竟然把我過去在報刊發表過的文字都一一收集，並細心地逐篇貼在紙上釘裝成冊，那一刻我的激動心情無以復加，譚先生生前不曾跟我提起此事，只是偶然提起又在雜誌上見到我的文字，原來他一直都有留意我的小作！

現在我不時仍有跟譚先生的家人往來，早前譚小姐交來一幀侶倫簽贈譚先生的照片，說給我留念，我知道侶倫存世的照片不多，這幀照片更是不曾見諸於世，經譚先生家人同意下，我呈上小思老師轉送中文大學香港文學特藏永久收藏，我相信譚先生也會同意我的做法。

香港愛書人不少，但像譚先生般愛書、讀書、藏書逾六十年的恐怕真的不多，他不曾加以炫耀，也未嘗藉此圖利，把那些珍藏待價而沽，也許他不知道近年古舊書刊多給人抬上天價，他仍是始終一以貫之，默默守護著與他相伴大半生的老友。今天在新亞書店不時仍可找到譚先生的藏書，睹物思人，回想有幸結識，得以從他的收藏中，見識了很多珍書異刊，同時也在他身上，學懂了謙厚待人，不求聞達的基本做人道理。

後記

本書所載文稿最早寫於二零零七年，最近是二零二四年，一些較具時間性或與全書主調無關的文字已剔出書外，但有些看來過時的仍予以保留，主要是想反映那時那刻的一點真實感思。

本書得以順利出版，實在要感謝資深傳媒人廖妙薇小姐的支持和幫忙，她在百忙中把一切出版的繁瑣事務都妥為處理，並在編輯上提出不少寶貴意見，本書能夠面世，我感謝她。

小思老師多年來對我寫作上的提點，我由衷的感激不已。老師退休多年，已少過問人事，但她對我過去所出版的每一本小書都十分關心，除給予中肯意見外，部分更提筆修改匡正。我雖無緣成為她的學生，但有幸「賜同」出身，享受到作為她學生的好處。